伤心咖啡馆之歌

The Ballad of the Sad Café

〔美〕卡森·麦卡勒斯 著
陈东飚 译

南海出版公司

新经典文化股份有限公司
www.readinglife.com
出　品

目录

Contents

伤心咖啡馆之歌

镇子本身是挺沉闷的：没有多少东西，除了纱厂、工人住的两居室房子、几棵桃树、一座有两扇彩色窗户的教堂和一条寒碜的主街，只有几百码长。到了星期六，附近农场的租户就进城一天来闲聊和做生意。不然镇子就一片寂寞、忧伤，像一个远离世上所有其他地方的隔阂之地。最近的火车站是协会城，灰狗和白色巴士线走的是三英里外的岔瀑公路。这里的冬天短促而凛冽，夏天则白亮刺眼，热浪灼人。

如果你在一个八月的下午走过主街的话，根本就没事可做。最大的那幢楼在镇子的正中心，前前后后都封上了木板，而且朝右边斜得那么厉害，看上去不定哪分钟就会倒掉。房子很老。这幢楼总有一种令人百思不解的奇异、破败之相，直到你恍然大悟，曾经，而且是很久以前，前廊的右侧是漆过的，还有墙壁的一部分——但却没被漆完，于是房子的一部分就比另一部分更暗也更脏污一点。这楼看起来完全荒废了。不过，在二楼还有一个窗口没被封住，有时在下午晚些最酷热难当的时候，一只手会慢慢地推开百叶窗，一张脸会朝镇上俯瞰。那是一张像梦里那种可怕昏暗的面孔一样的脸——性别不明而又煞白，两只灰色的斗鸡眼如此急剧地内倾，仿佛是在互相致以长久而又秘密的悲伤凝望。这张脸在窗口流连一个小时左右，然后百叶窗便再一次关上，很有可能沿着主街就再也看不见一个人了。这些个八月的午后，你下了班根本就无事可做，还不如步行到岔瀑路去听铁链帮[①]唱歌呢。

然而，就在这个镇子上，曾经有过一家咖啡馆。而这幢被木板封住的老房子也曾经与方圆许多英里内的任何其他地方都不一样。曾经有过铺了桌布、摆上纸餐巾的桌子，电风扇上扬起的彩色飘带，星期六晚间的盛大聚会。这地方的主人是阿米莉亚·埃文斯小姐。但对这地方的兴盛和欢乐气氛功劳最大的人是一个叫莱蒙表哥的驼背。还有一个人也在这家咖啡馆的故事里扮演过一个角色——他是阿米莉亚小姐的前夫，一个可怕的家伙，这人在监狱里服了一段很长的刑期

① Chain gang，用铁链锁在一起服苦役的囚犯。

之后回到镇上，惹下祸端，随后便又上了路。咖啡馆已经关了很久，可是谁都还记得。

这地方原来并不是一家咖啡馆。阿米莉亚小姐从她父亲那里继承了这幢楼，那是一家主要出售饲料、鸟粪肥以及谷粉和鼻烟一类物料的商店。阿米莉亚小姐很有钱。除了商店以外，她还经营三英里湿地后面的一家酒坊，那里出产县里最好的烈酒。她是一个黑黑的、高个的女人，骨骼和肌肉就像男人一样。她的头发剪得很短，从前额向后梳，那张晒黑了的面孔有一种紧绷、剽悍的气质。她本来可以是一个漂亮女人，倘若不是稍微有点斗鸡眼的话。追求她的人原本也应该有不少，但阿米莉亚小姐对男人的爱情根本不屑一顾，是一个孤僻的人。她的婚姻跟本县里曾经缔结过的任何其他婚姻全然不同——那是一场奇特而危险的婚姻，仅仅持续了十天，让全镇疑惑和震惊不已。除了这场古怪的婚姻期间，阿米莉亚小姐一直都是一个人过的。她时常整晚整晚待在她的湿地工棚里，身穿工装裤，脚蹬长筒胶靴，默默守着酒坊的微火。

凭着可以用双手造就的一切，阿米莉亚小姐发达了。她在附近的镇子里卖猪肚和香肠。在晴朗的秋日她磨高粱，从她的大桶里出来的糖浆是暗金色的，滋味很是美妙。她在自家商店后面造好砖头茅房只用了两个星期，木匠活她也很擅长。只是阿米莉亚不能轻松地与人相处。人，除非他们是没头没脑或是病得非常厉害，不可能招进来一夜之间就变成某种更有价值又可以赢利的东西。所以阿米莉亚小姐对付其他人的唯一办法就是赚他们的钱。她这事做得很成功。农作物和财产的抵押贷款，一家锯木厂，银行里的钱——她是方圆几英里内最富有的女人。如果不是因为她的一个致命弱点的话，她本来可以像一个议员那么富有，这个弱点就是她对诉讼和法院的激情。她会为了一件区区小事而让自己卷进漫长而痛苦的官司里去。据说阿米莉亚小姐就算是被路上一块石头绊到了，也会本能地扫视一下周围，好像要找什么东西来起诉一样。除开这些诉讼，她的日子过得很平稳，每天都跟已经过去的一天非常相似。除了她那场十日婚姻，从来没有发生过什么事来改变这一切，直到阿米莉亚小姐三十岁那年的春天。

那是四月里一个轻柔静谧的晚上，将近午夜。天空是一朵蓝沼地鸢尾花的颜色，月亮清澈明净。那年春天，庄稼的长势很好，过去几个星期里纱厂一直在开夜工。下面的小溪边上方砖工厂黄光闪耀，还有织机微弱、持续的嗡响。就是这样一个晚上，可以听见远处黑暗的田野对面，一个黑人去约会路上的慢歌，感觉极好。或者是静静地坐在那里拨弄一把吉他，要不就干脆一个人歇着什么也不想，也让人愉悦。那一夜街上冷冷清清的，但阿米莉亚小姐的店铺却亮着灯，外面的门廊上有五个人。其中一个是矮胖子迈克菲尔，他是个长着张红脸、双手娇嫩紫红的工长。最高一级台阶上是两个穿工装裤的男孩，雷尼双胞胎——两个人都瘦瘦的，有点迟钝，白头发，绿眼睛昏昏欲睡。还有一个人是亨利·迈西，一个腼腆又胆小的人，举止文雅，紧张兮兮的，坐在最下一级台阶的边上。阿米莉亚小姐自己倚立在敞开的门边，她蹬着湿地大靴子的脚交叉着，在耐心地解开她随手抓到的一根绳子上的结。他们很久都没有说话。

双胞胎中的一个，手里拿着啤酒、一直俯视着空马路的那个，最先开口。“我看见有个东西过来了。”他说。

“一只牛犊子走散了。”他兄弟说。

那越来越近的身形依然太远，看不清楚。月亮沿着路边投下开花的桃树黯淡、扭曲的阴影。空气中花和甘甜春草的清香跟附近潟湖暖暖、酸酸的气味混合在一起。

“不，这是哪个人的小孩。”矮胖子迈克菲尔说。

阿米莉亚小姐默默地看着路。她已经放下了绳子，正用她棕褐色、骨节凸显的手捻弄着自己工装裤的绑带。她皱起眉头，一绺黑发便落到了她的前额上。他们在那儿等待的时候，一条狗从路边一幢房子里发出一阵狂野、嘶哑的嚎叫，不停地持续，直到一声呼喝让它安静下来为止。直到这个身形相当近了，进入门廊的黄色灯光范围之内，他们才看清楚来的是什么。

那是个陌生人，一个陌生人在那个钟点步行到镇子里是很罕见的。另外，那人还是一个驼背。他差不多刚好超过四英尺，穿着一件破烂、陈旧的外套，长度只到他的膝盖。弯曲的小腿似乎瘦得扛不住他的大凹胸和趴在他肩头的驼峰的重量。他有一颗非常大的脑袋，深陷的蓝眼睛和一张尖尖的小嘴。他的脸既柔和又粗鲁——此刻他苍白的肤色打上了尘土的灰黄，他的双眼下有薰衣草的阴影。他拎着一个歪歪斜斜的旧手提箱，是用一根绳子捆扎住的。

“晚上好。”驼背说，他有点喘不上气。

阿米莉亚小姐和门廊上的人既不回答他的问候也不说话。他们只是看着他。

“我在找阿米莉亚·埃文斯小姐。”

阿米莉亚小姐把头发从前额捋回去，抬起下巴。“怎么回事？”

“因为我跟她是亲戚。”驼背说。

双胞胎和矮胖子迈克菲尔抬头朝阿米莉亚小姐望去。

“我就是，”她说，“你说‘亲戚’是什么意思？”

“因为——”驼背开口说道。他看上去很忐忑，几乎就像是快要哭了一样。他把手提箱搁在最底层的台阶上，但他的手却没有离开把手。“我母亲是芬妮·杰苏普，她是奇霍[①]人。大约三十年前嫁给她第一个丈夫的时候离开了奇霍。我记得听她说起过有一个同父异母的姐妹名叫玛莎。在奇霍今天有人告诉我说那是你的母亲。”

阿米莉亚小姐把头微微转向一边听着。她自己一个人吃星期天晚餐，她的家里从来没有挤满过三亲六故，她宣称自己一个亲戚也没有。她曾经有过一个大姨婆，是奇霍的马车行主，但这个姨婆已经死掉了。除了姨婆之外只有一个住在二十英里外镇子上的双重表亲[②]，但这个表亲跟阿米莉亚小姐处得不那么好，她们碰巧对面经过的时候，彼此都朝路边吐唾沫。还有些人曾经煞费苦心，时不时地想要跟阿米莉亚小姐扯上点牵强附会的关系，可是完全徒劳无功。

驼背七绕八拐地越说越远，不断提起门廊上的听众们一无所知又似乎跟主题毫无关系的人名和地名。“总之芬妮和

---

① Cheehaw，美国亚拉巴马州的一个小镇。

② Double first cousins，两家兄弟姐妹互相通婚后各自的子女。

玛莎·杰苏普是同父异母的姐妹。而我是芬妮的第三个丈夫的儿子。这么一来你和我就成了——”他弯下腰，动手解开他的手提箱。他的双手像肮脏的麻雀爪子一样，抖个不停。口袋里满是各种各样的零碎——破烂的衣服和看上去像是缝纫机零件的奇怪垃圾，或是同样不值钱的东西。驼背在这些财物里翻来翻去，拿出一张老照片。“这是一张我母亲跟她同父异母的姐妹的照片。”

阿米莉亚小姐没有说话。她不住地把下巴从一边慢慢移到另一边，你可以从她脸上看出她正在想什么。矮胖子迈克菲尔接过照片，把它举起来对着灯光。那是两个大约两三岁、苍白、干瘪的小孩的照片。面孔是模糊的小白点，任何人的相册里都可以有这么一张老照片。

矮胖子迈克菲尔把它递回去，不予置评。“你从哪儿来？”他问。

“我在旅行。”驼背的声音是不确定的。

阿米莉亚小姐依然没有说话。她只是倚立在门的一侧，俯视着驼背。亨利·迈西紧张地眨着眼睛，搓着双手。然后他默默地离开了最底层的台阶，消失了。他心地善良，驼背的境况触动了他的心。因此他不想等着看阿米莉亚小姐把这个新来的人逐出她的地产，再把他从镇子上赶出去。驼背站在那儿，他的包在最底层的台阶上打开着。他抽动着鼻子，他的嘴颤抖着。也许他觉察到了身为一个镇上的陌生人，带着一个装满零碎的手提箱，跟阿米莉亚小姐攀亲是一件多么悲惨的事情。反正他就这样坐到台阶上，突然哭了起来。

这可不是一件平常事，有一个不认识的驼背在午夜步行到店里，然后坐下就哭。阿米莉亚小姐把头发从前额抹回去，几个男人不安地面面相觑。镇子里里外外安静极了。

最后双胞胎中的一个说："他要不是一个标准的莫里斯·费恩斯坦才见鬼呢。"

每个人都点头同意，因为那是一个具有某种特殊意义的说法。但是驼背哭得更响了，因为他不可能听懂他们在说什么。莫里斯·费恩斯坦是多年以前住在镇上的一个人。他不过是一个轻快的、蹦蹦跳跳的小犹太人，他一听你叫他基督杀手就哭，每天吃白面包和鲑鱼罐头。一场灾祸落到了他头上，他就搬到协会城去了。但从此以后如果一个人动不动就大惊小怪的，或者只要某个人一哭，就会被说成是莫里斯·费恩斯坦。

"呃,他很苦恼，"矮胖子迈克菲尔说，"有什么原因的吧。"

阿米莉亚小姐迈出缓慢、笨拙的两步穿过门廊。她走下台阶，站在那儿若有所思地望着陌生人。她小心翼翼地用一根长长的棕色食指碰了一下他背上的隆起。驼背依旧在哭，但他现在安静点了。夜很静，月亮仍以一道柔和清澈的光朗照着——越来越冷了。随后阿米莉亚小姐做了一件稀罕的事情：从屁股口袋里抽出了一个瓶子，用手掌抹开了盖子之后，把它递给了驼背。很少有人能说动阿米莉亚小姐赊账卖酒，对她来说，哪怕白送人一滴酒几乎都是闻所未闻的。

“喝吧，”她说，“它可以激活你的肠胃。”

驼背停止了哭泣，利索地从嘴巴四周舔掉了眼泪，照着吩咐做了。等他喝完了，阿米莉亚小姐慢慢地吞了一口，用它温暖和清洗自己的嘴，吐掉。然后她也喝了。双胞胎和工长拿着自己的瓶子，钱他们已经付过了。

“酒很醇，”矮胖子迈克菲尔说，“阿米莉亚小姐，我从没见你搞坏过。”

这天晚上他们喝的威士忌（两大瓶）很重要。否则，之后的事就难以解释了。也许没有它的话，永远都不会有一家咖啡馆。因为阿米莉亚小姐的酒有一种专属的特殊品质。它干净还扎舌头，可是一下肚，它的后劲会留很久。而这还不是全部。据说如果一段文字是用柠檬汁写在白纸上的话就会什么痕迹也没有。但是如果把那张纸拿到火上放一会儿，那么上面的字母就会变成褐色，意思也就显现出来了。想象一下威士忌是火，字迹则是一个人灵魂才明白得了的东西——那么阿米莉亚小姐的烈酒的价值便可以理解了。不被注意就过去了的事情，一直隐藏在黑暗心绪里的念头，突然就获得了认识与领悟。一个从来只想到织机、餐桶、床，然后又是织机的纺纱工——这个纺纱工可能在一个星期天喝上一点，然后发现了一朵湿地百合。他可能会把这朵花捧在手心里，细察那金色的、娇美的花杯，这时他的心里可能突然出现一记刺痛般锋利的甘甜。一个织布工可能突然抬起头来第一次看到一月的午夜天空那寒冷、怪异的光芒，这时一种对自身渺小的深深恐惧便会让他的心跳停止。总之，诸如此类的事情，在一个人喝了阿米莉亚小姐的烈酒时就会发生。他可能会痛苦，或者被喜悦所耗尽——但那体验已经显现了真相；他已温暖了他的灵魂，看到了其中隐藏的字迹。

他们一直喝到午夜过后，月亮已被云团遮蔽，夜晚于是又冷又黑了。驼背还坐在底层台阶上，可怜地佝偻着，他的额头搁在自己的膝盖上。阿米莉亚小姐站着，手插在口袋里，一只脚落在第二级台阶上。她已经沉默很久了。她的脸上是那种稍微有点斗鸡眼的人在沉思时经常出现的表情，一种显得既很聪明又很疯狂的样子。最后她说："我不知道你的名字。"

“我是莱蒙·威利斯。”驼背说。

“好，进来吧，”她说，“炉子上还剩了点晚饭，你可以吃。”

阿米莉亚小姐一生中邀请其他人与她一起进餐的次数少得可怜，除了她是打算以某种方式作弄他们或赚他们的钱以外。因此门廊上那几个人都觉得有点不大对劲。后来他们私下里说她那天肯定大半个下午都在湿地那儿喝酒呢。反正她离开了门廊，矮胖子迈克菲尔和双胞胎也回家去了。她闩上前门，环顾了一下四周，看她的货物是不是各在其位。然后她走到厨房，就在商店后面。驼背跟着她，拖着他的手提箱，一边嗅探着，一边用他那件脏外套的袖口擦鼻子。

“坐下，”阿米莉亚小姐说，“我把这儿的东西热一热。”

那天晚上他们一起吃的那顿堪称美餐。阿米莉亚小姐很有钱，她在饮食方面并不俭省。有炸鸡（胸脯肉被驼背拿到自己盘子里去了），碎捣的大头菜，炖芥蓝菜，还有热腾腾、淡金色的甘薯。阿米莉亚小姐吃得很慢，像个农场工人一样有滋有味。她吃的时候两个手肘都放在桌上，俯身对着盘子，两个膝盖分得很开，脚蹬在椅子的横档上。至于驼背，他一口气吞下了他的晚饭，就好像几个月没闻过食物的香味一样。吃饭的时候一滴眼泪悄悄滚下他邋遢的脸颊——但那只是一滴残留的眼泪，并不意味着什么。桌子上的灯调得很好，灯芯的边缘燃着蓝焰，在厨房里投出一道快乐的光芒。阿米莉亚小姐吃好了晚餐，用一片白面包仔细地擦干净自己的盘子，然后把她自己清澈、甜蜜的糖浆浇在面包上。驼背也依法炮制——只是他更讲究，要了一个新的盘子。餐毕，阿米莉亚小姐把自己的椅子朝后一倾，攥紧拳头，触摸自己干净的蓝布衬衫下面的右胳膊上那坚强、柔韧的肌肉，这是她在一餐结束时一个不自觉的习惯。然后她从桌上拿起灯，冲着楼梯一甩头，邀请驼背跟她上去。

店铺上面有三个房间，阿米莉亚小姐在那儿住了一辈子——两间卧室，当中一间很大的客厅。都没什么人见过这几个房间，但谁都知道它们都陈设考究并且干净至极。而现在阿米莉亚小姐却正把一个肮脏、矮小、驼背的陌生人带上去，天知道他是从哪儿来的。阿米莉亚小姐走得很慢，一次跨两级，把灯举得高高的。驼背在她身后靠得那么近，以至摇摆的灯光在楼梯的墙上投下了一团由他们两人组成的巨大扭曲的影子。很快店铺上头的楼面就像镇里别的地方一样漆黑一片了。

第二天早晨很平静，一轮朝阳的暖紫色里混合着玫瑰色。镇子周围田野里的垄沟是新耕的，租户们很早就开始忙活栽种烟草的深绿色幼苗了。野乌鸦从天而降，飞近田间，在泥土上投下迅捷的蓝影。在镇子里人们早早带着餐桶出发，工厂的窗户在阳光下是炫目的金黄色。空气新鲜，桃树开着花，轻如三月的浮云。

阿米莉亚小姐大约黎明时分下楼，像往常一样。她在水泵那里洗了头，马上办起事来。上午她给骡子上鞍，又去看她的地产，那儿种有棉花，就在上面岔瀑路那边。到了中午，当然，每个人就都已经听说过半夜到店里来的驼背的事了。但还没人见过他。天很快就热了起来，天空是一片浓重的正午的蓝。依旧没有谁瞅过一眼这个陌生的来客。有几个人记得阿米莉亚小姐的母亲有一个同父异母的姐妹——但在她是已经死了还是跟一个串烟草的跑了这方面意见有一些分歧。至于驼背所声称的，大家都认为是瞎编出来的。整个镇子都了解阿米莉亚小姐，断定她准是喂饱了他之后就把他从房子里赶出去了。可是快到傍晚，天空已经发白，下了班之后，一个女人却声称在店铺上面一个房间的窗口看到了一张歪扭的脸。阿米莉亚小姐自己什么也没说。她在店里当了一会儿班，跟一个农民为一把犁轴争论了一个小时，补了个鸡笼,将近日落时锁上门,就去了自己的房间。这下全镇都蒙了，说什么的都有。

后一天阿米莉亚小姐没有开店，而是锁上了门待在自己的房间里谁也不见。就是从这天开始传出了谣言——谣言可怕到了让全镇和周围的乡下都为之震惊的地步。谣言出自一个名叫墨尔利·瑞安的织工。他是一个无足轻重的人——脸色蜡黄，步履蹒跚，牙齿都没有了。他患有三日疟，这意味着每过三天就要发一次烧。所以他在两天里是傻傻的，有点暴躁，可到了第三天他就会活跃起来，有时还冒出一两个主意，大部分都很蠢。就是在墨尔利·瑞安发烧的时候，他突然转身说道：

“我知道阿米莉亚小姐干了什么事。她为了那个手提箱里的什么东西谋杀了那个人。”

他说这话用的是一种平静的声音，就事论事的样子。一小时内这消息就席卷了全镇。镇子里那天编造出来的是一个残忍、病态的故事。其中包含了让人心脏颤抖的一切事物——一个驼背，一场湿地里的午夜埋葬，阿米莉亚小姐被拖着穿过镇上的街道入狱，有关她的财产会怎么处理的争吵——全都是悄声说的，并且每重复一次都加上某个新鲜怪异的细节。下雨的时候女人们都忘了从绳子上收走洗好的衣服。一两个欠阿米莉亚小姐债的凡人，甚至穿上了礼拜天的衣服，仿佛是过节一般。人们在主街上聚成一团，一边说话，一边瞧着那家商店。

要说全镇的人都加入了这场邪恶的节庆，那大概是扯谎了。有几个明事理的人推测说，阿米莉亚小姐这么有钱，还不至于为几样垃圾零碎去谋杀一个流浪汉。镇上甚至还有三个好人，他们不希望发生这种罪行，哪怕不是为了它所牵涉的利益和巨大骚动；想到阿米莉亚小姐扒着监狱的铁窗，在亚特兰大坐电椅，并没有带给他们任何愉悦。这些好人评判阿米莉亚小姐的眼光与众不同。当一个人像她那样在每一方面都反其道而行，当一个人的罪孽累积到了几乎没法一下子全想起来的地步时——那么这个人显然需要一种特殊的评判。他们记得阿米莉亚小姐生下来就是黑乎乎的，面相有点古怪，没有母亲，是由她的父亲——一个孤独的人一手养大的。很小的时候她就已经长到六英尺二英寸高了，这对一个女性来说本身就是不自然的，还有她的作风和生活习惯都奇怪得不可理喻。他们首先就想起了她令人困惑的婚姻，那是这个镇子上曾经发生过的最不合情理的丑闻。

因此这些好人对她有一种近乎怜悯的感觉。每当她出去撒野，例如冲进一个人家拖走一台缝纫机来抵债，或是为某件有关法律的事情大为光火的时候——他们对她有一种混杂的感情，里面有恼怒，一点荒唐的快感，以及一份深深的、无名的悲伤。不过好人就到此为止吧，因为他们只有三个而已，镇上其余的人整个下午都在拿这件幻想的罪行来找乐子。

阿米莉亚小姐本人，出于某种奇怪的原因，似乎并没有觉察到这一切。白天她基本上是在楼上度过的。下楼到店里的时候，她平静地兜来兜去，双手深深地插在工装裤的口袋里，头垂得那么低，下巴都塞到衬衫领子里去了。她身上看不到任何血迹。她时不时地停下来，就站在那儿阴沉地低头看地板上的裂缝，捻捻自己一绺剪短了的头发，低声自言自语着什么。但是白天基本上都是在楼上度过的。

黑暗来临。当天下午的雨已经冷却了空气，于是傍晚就萧瑟阴郁得像冬天一样了。天上没有星星，一场轻轻的、冰冷的细雨已然降落。从街上看过去，屋舍里的灯盏发出忧伤的、摇摆不定的闪烁。一阵风刮了起来，不是来自镇子靠湿地的那一边，而是来自北面寒冷的黑松林。

镇上的钟敲响八点。依旧什么事也没有发生。阴冷的夜，在白天毛骨悚然的乱谈之后，把恐惧注入一些人的心里，他们待在家里烤着火。另一些人则一堆堆聚在一起。有十个八个人汇集到阿米莉亚小姐店铺的门廊上。他们沉默不语，实际上就是在等着而已。连他们自己也不知道等的是什么，可事情就是这样：在紧张的时候，当某个大动静近在眼前之际，人们就像这样聚集起来等待着。一段时间之后就会有这样一个时刻，他们会完完全全地步调一致，不是由于思考或是出于任何一个人的意志，而是仿佛他们的本能都融合到一起去了，于是那决定便不属于他们中间单独的任何一人，而是属于作为一个整体的这群人。在这样的时刻没有哪个人会犹豫不决。而这一联合行动是否会导致洗劫、暴力以及犯罪，则全凭命运的左右。就这样，人们肃静地等在阿米莉亚小姐店铺的门廊上，没有一个人意识到他们要做什么，但内心里知道他们必须等，那个时刻就快到了。

此刻店铺的门开着。里面亮堂堂的，挺自然的样子。左边是存放白肉、硬糖和烟草的柜台。这后面是腌白肉和食品的货架。店铺的右边基本上都是农具之类。店铺后方，左侧是通向楼梯的门，开着。而在店铺最右边还有一扇门，通向一个小房间，阿米莉亚小姐称其为她的办公室。这扇门也开着。那天晚上八点可以看到阿米莉亚小姐坐在她的带活动卷面的办公桌前，在用钢笔和几张纸计算着。

办公室的灯愉快地亮着，阿米莉亚小姐似乎并没有注意到门廊上的代表团。围绕着她的一切都井然有序，一如往常。这间办公室是一处远近闻名、令人敬畏的屋子，整个地区都知道。阿米莉亚小姐就是在这儿处理所有业务的。办公桌上是一台仔细盖好的打字机，她知道如何操作，但只用它来打最重要的文件。抽屉里是放着好几千张单据，毫不夸张，全都依字母顺序存档。这个办公室也是阿米莉亚小姐接待病人的地方，因为她很喜欢给人看病，还看了不少。整整两个架子上放满了瓶子和各类用具。靠墙是一张病人坐的长凳。她可以用一根烧过的针缝合伤口以防溃烂。碰到烧伤，她有一种清凉味甜的糖浆。对于没确诊的疾病则有不计其数的各类药品，都是她自己根据没人知道的秘方配制出来的。它们颇有润肠通便之效，但不可以给幼儿服用，因其会引发严重的抽搐；她有一种专门的药剂给幼儿吃，更温和而且味道很甜。是的，总而言之，她是人们公认的好医生。她的手，虽然非常大而且骨节凸出，却有一种轻柔的触感。她拥有极好的想象力，使用过数以百计的各种疗法。在最危险和奇特的治疗手法面前她从来没犹豫过，也没有什么疾病可怕到她不敢应承下来治疗。这方面有一个例外，如果一个患者是来看妇女病症的话她就无能为力了。事实上只要一提到那些词儿，她的脸色就会因羞耻而慢慢地暗下来，她会站在那里弯着脖子抵住自己的衣领，或来回摩擦她的湿地靴子，完全就像一个羞怯莫名、张口结舌的大孩子一样。但在其他方面大家都很信任她。她不收取任何费用，总是患者盈门。

这天晚上，阿米莉亚小姐用她的钢笔写了很多东西。但即便如此，她也不可能永远察觉不到那群人在外面黑暗的门廊上等待着，看着她。她时不时抬起头坚定地注视他们。但她并没有对他们大呼小叫，诘问他们为什么像一帮可怜的蠢蛋一样在她的地产周围转来转去。她的面容骄傲而又冷峻，她坐在自己办公室的书桌前面时总是这样的。过了一段时间，他们那样直勾勾的凝视似乎把她看烦了。她用一块红手帕擦了擦脸颊，站起身来，关上了办公室的门。

对于门廊上那群人来说这个姿态便成了一个信号。时间到了。他们已经站了很久，黑夜在他们身后的街上料峭而又阴沉。他们已经等了很久，而就在那一刻，行动的本能唤醒了他们。突然间，就好像被一种意志驱使一样，他们走进了店里。在那一刻八个人看起来十分相似——全都穿着蓝色工装裤，大多数都是花白头发，全都面色苍白，每个人眼里都有一种定定的、做梦一般的眼神。他们接下来会做什么没有人知道。但就在那个瞬间，楼梯顶上传来一阵响动。人们抬头一看便都站在那儿惊呆了。是驼背，那个已经被他们在头脑中谋杀的人。而且，这个怪物也根本不是他们听人描述的那样——不是一个可怜肮脏的小饶舌鬼，孤身一人在这个世上乞讨为生。事实上，他跟所有人迄今为止见过的任何人都不一样。房间里死一般寂静。

驼背慢慢地走下来，骄傲得仿佛自己拥有脚下每一块地板。在过去一天里他有了极大的改变。头一条就是他干净得无以言表。他还穿着他的小外套，但已经刷洗整洁，细致地修补好了。这件里面是一件属于阿米莉亚小姐的新红黑格衬衣。他没有穿普通男人应该穿的长裤，却穿了条齐膝的紧身小马裤。在他皮包骨的腿上穿着黑色的丝袜，他的鞋子则是一种特殊的样式，形状很怪异，鞋带系到脚踝上，而且刚擦过，还打了蜡。他戴着一条酸橙绿的羊毛披巾，围着他的脖子，这样他苍白的大耳朵就几乎完全被遮住了，披巾上面的流苏几乎要触到地面了。

驼背迈着他僵硬的小阔步走到楼下的店铺，然后站到已经进来的那群人的中心。他们在他周围让出了一点空间，站在那里看着他，双手耷拉在身侧，眼睛睁得大大的。驼背用一种古怪的方式观察四周。他依自己眼睛的高度坚定地平视每一个人，大约就是一个普通人的腰线上下。随后以狡黠的审慎之态，他细察起了每个人的下身区域——从腰部直到脚底。心满意足之后，他闭了一会儿眼，摇了摇头，仿佛在他看来所看到的根本就不值一提。随后很有把握地，仅仅为了让自己确认一下，他仰起了头，用一记长长的、环形的扫视将围绕着他的面孔摄入眼中。在店铺左边有半麻袋鸟粪肥料，当他以这种方式弄清了自己的方位之后驼背便在那上面坐了下来。安顿停当了，两条小细腿交叉着，他从自己的上衣口袋里掏出了某个物件。

店里的人过了一阵儿才缓过神来。墨尔利·瑞安，那天带头制造谣言的三日疟患者，是第一个开口的。他看了看驼背把玩着的物件，轻声细气地说：

“你手上拿的什么东西？”

每个人都很清楚驼背手里拿的是什么东西。因为那是原本属于阿米莉亚小姐父亲的鼻烟盒。鼻烟盒是蓝色珐琅的，盒盖上有一个镶金的精巧图饰。这群人对此物颇为熟悉，全都惊讶不已。他们小心地瞟了一眼办公室紧闭的门，听到阿米莉亚小姐自顾自吹着口哨的低音。

“哎，什么东西啊，花生仔？”

驼背迅速抬起头来，恶狠狠地说：“嗨，这东西专用来治那些爱管闲事的家伙。”

驼背将他歪扭的细手指探进盒里，抠里面的东西吃，但不给身边任何一个人尝下味道。他拿出来的甚至不是真正的鼻烟，而是一种糖和可可的混合物。然而，他还是把这当成了鼻烟，拿小小一撮搁在他的下嘴唇下面，舌头一伸就把这东西利索地舔下肚去，于是怪相便频频显现在他的脸上。

“我这几颗牙齿总是发酸，”他解释说，“因此我要服这种甜的鼻烟。”

人群还是聚在周围，感觉有点困窘和迷惑。兴奋始终没有完全消失，但它很快就被另一种感觉所缓和——房间里弥漫起一种亲密的氛围和隐约的喜气。那天晚上在场的这群人姓名如下：黑斯蒂·马龙、罗伯特·卡尔弗特·黑尔、墨尔利·瑞安、T. M. 维林牧师、罗瑟·克莱恩、瑞普·威尔伯恩、亨利·福特·克林普和霍勒斯·威尔斯。如前所述，除了维林牧师，他们在很多方面都挺像的——都曾经从这件或那件事里得到过乐趣，都曾经哭泣过，受过某种折磨，他们大多数都很温顺，除非被激怒了。他们每个人都在厂里工作，都跟别人一起住在二三居室的房子里，租金是一个月十到十二块。所有人都在那天下午拿了报酬，因为这是一个星期六。所以，暂且把他们看成一个整体吧。

然而，驼背的头脑里却已经在给他们分类了。一等他舒舒服服地坐定下来，他就开始跟每个人聊天，问各种各样的问题，比如一个男人结婚没有，多大岁数了，平常一星期他的工钱有多少，等等——探着道渐渐问到那些完全隐私的题目上去。很快人群里又加入了镇上的其他人，亨利·迈西，几个感觉到了有什么不寻常事情发生的闲人，还有些女人来把她们赖着不走的男人拉回家去，甚至还有一个乱走乱逛、浅黄头发的孩子踮着脚溜到店里来，偷了一盒动物饼干，又悄无声息地跑掉了。于是阿米莉亚小姐的住所很快就挤满了人，而她自己却仍未打开自己办公室的门。

有一类人身上有一种品质，把他们和其他更普通的人分别开来。这样的人有一种本能——通常只见于很小的孩子——一种在自己与世上万物之间建立起直接而至关重要的联系的本能。毫无疑问驼背就属于这一类人。他在店里仅仅待了半小时，就与每一个体之间建立了直接联系。就仿佛他在这个镇子上住了好多年，是一位知名的人物，已经坐在那一麻袋粪肥上面聊了无数个夜晚一般。再加上这又是星期六的晚上，店铺之中的自由氛围和不正常的愉悦就很好解释了。还有一种紧张感，部分是因为场面的古怪，也因为阿米莉亚小姐依旧关在她的办公室里，尚未露面。

她是在那天晚上十点钟时出来的。那些指望在她出场时看到一场好戏的人失望了。她打开门，迈着她缓慢、笨拙的大步走出来。她的鼻子一侧有一道墨痕，她还把红手帕围着脖子打了个结。似乎什么异常的事都没发现。她灰色的斗鸡眼瞥了一下驼背坐着的地方，目光在那里逗留了一会儿。对于她店铺里其余的那群人，她的目光里只有一点平淡的惊讶。

“有人想要继续等下去吗？”她平静地问道。

还有不少顾客，因为这是星期六晚上，而且他们都要烈酒。正好阿米莉亚小姐三天前才刚挖出来一桶陈年好酒，已经在酒坊那里用吸管把酒抽到瓶子里了。这天夜里她从顾客手里接过了钱，在明亮的灯光下点数着。这是平常的程序。但这以后发生的事可就不常见了。以往总是必须要绕到黑暗的后院里才行，在那里她会从厨房的门口把酒瓶子递给你。交易中毫无愉悦的感觉。拿到自己的酒之后顾客就走进深夜里去了。或者，如果他老婆不让在家里喝的话，他也可以绕回来在店铺的门廊上猛灌一通，在街上也行。现在门廊和它前面的那条街都是阿米莉亚小姐的财产了，一点没错——但她并没有把它们当成自己的地界，这地界始于前门，包括这整幢楼的内部。在那里她从不允许任何人打开或饮用酒，除了她自己。现在她第一次打破了这个规则。她走到厨房里，驼背紧跟在后，接着她拿着瓶子又回到温暖、明亮的店里。此外她还摆了几个杯子，开了两盒饼干，把它们大方地搁在柜台上面一个大盘子里，谁想要都可以随便拿一个。

她跟谁都不说话，除了驼背，而且也只是以一种有点生涩沙哑的声音问他：“莱蒙表哥，你是这就吃呢，还是放在锅里加水在炉子上热一下？”

“麻烦你了，阿米莉亚。”驼背说。（上回有人对阿米莉亚小姐冒昧地直呼其名、不加尊称是什么时候？——当然不是她的新郎，那个只当了十天的丈夫。事实上，自从她那个出于某种原因一直管她叫“小小”的父亲死后，就没有任何人胆敢用一种如此随便的方式来称呼她了。）“麻烦你了，我想要热一下。”

话说这就是咖啡馆的开始。就是那么简单。回想一下，那一夜就像在冬天那么阴沉，要是人全都坐在店铺外面准会是一场糟糕的庆典。但里面却宾客盈门，一派温暖和睦。有人已经咔嗒咔嗒捣鼓好了后面的炉子，买了酒的人把他们的瓶中物分享给朋友们。店里还有几个女人，她们或嚼甘草扭扭棒，或喝一瓶尼嗨[1]，甚至吞一口威士忌。驼背仍是一个新鲜事物，他的存在让每个人都兴致盎然。办公室里的长椅被搬了进来，外加几把椅子。其他人都靠在柜台上或是让自己舒舒服服地坐在木桶和口袋上。在店里打开烈酒也没有造成任何喧哗吵闹、不雅的傻笑或任何不当的行为。相反大家都颇有礼貌甚至到了某种腼腆的地步。镇上的人们那时还不习惯为了享乐而聚集到一起。他们集合起来是为了在工厂干活，或者在星期天举办一场持续全天的宗教聚会——尽管那

① Nehi，可口可乐公司出品的软饮料。

也是一种乐趣，但整件事的意图乃是为了让你对地狱看得更透彻，并在你心中注入一份对全能之主的彻骨敬畏。而一家咖啡馆的精神则是全然不同的。即使是最富有、最贪婪的老流氓在一家像样的咖啡馆里也会表现得规规矩矩，不去侮辱任何人。穷人则感激地四下环顾，用一种文雅而谦和的方式来捻指撮盐。因为一家像样的咖啡馆的氛围意味着这样一些品质：友伴之情、口腹的满足，以及行为上的某种愉悦和优雅。从来没有谁对那一夜聚在阿米莉亚小姐店铺里的人群说过这个，但他们自己都知道。当然了，尽管直到那个时候，镇上从来没有开过一家咖啡馆。

此刻，所有这一切的缘由，阿米莉亚小姐，大半个晚上就站在通往厨房的门口。外表上她似乎根本没有变化。但也有很多人注意到了她的脸。她看着进行中的一切，但大部分时间她的眼睛都寂寞地凝注在驼背身上。他在店铺里大摇大摆地走来走去，吃着自己鼻烟盒里的东西，既乖张又讨人喜欢。在阿米莉亚小姐站着的地方，从炉子缝隙里投出了一道亮光，照得她棕褐色的长脸有些发亮。她似乎在自省。在她的表情里有痛苦、困惑和不确定的喜悦。她的嘴唇不像往常闭得那么紧，时不时地吞咽着。她的皮肤已变得苍白，她空空的大手正在出汗。总之，她那天晚上的样子，是一个恋人寂寞的样子。

这场咖啡馆的开张典礼是在午夜结束的。每个人都用一种友好的方式互相说再见。阿米莉亚小姐关上了店铺的前门却忘了插门闩。很快，一切——主街连同街上的三家商店、工厂、房屋——其实是整个镇子——都归于黑暗与寂静。一个陌生人的抵达，一个不圣洁的假日，以及咖啡馆的开张，发生这些事的三天三夜，也便结束了。

现在时间必须一掠而过了。因为随后的四年都颇为相似。巨大的变化是有的，但这些变化是一点一点产生的，每一步都很简单，本身看来似乎并不重要。驼背继续跟阿米莉亚小姐一起生活。咖啡馆逐步扩大。阿米莉亚小姐开始按杯来卖她的酒了，几张桌子被放到了店里。每天晚上都有顾客，星期六则是一大群。阿米莉亚小姐开始以十五美分一盘的价格供应油炸鲶鱼晚餐。驼背哄她买了一台很好的机械钢琴。不到两年，这地方就不再是一家商店，而变成了一家像样的咖啡馆，每晚从六点开到十二点。

每天夜里驼背都带着一种自视甚高的神态来到楼下。他身上总是微微发出芫青菜的气味，因为阿米莉亚小姐早晚都用肉菜汤汁给他擦身，让他增加力量。她宠他宠到了超乎理智的地步，但似乎没有什么东西能让他强壮起来。食物只让他的驼峰和他的脑袋长得越来越大，他身体的其余部分却依然孱弱而畸形。阿米莉亚小姐外表还是那样。一周的工作日里她依然蹬着湿地靴子，穿着工装裤，但在星期天她会穿上一件暗红色的裙装，裙子在她身上垂挂下来的样式极为奇特。然而，她的举止、她的生活方式都大大地改变了。她依旧酷爱激烈的官司，但她不那么急于欺骗她的邻里乡亲、索要残忍的赔偿了。就因为驼背是如此极度地善于交际，连她偶尔也会出去走走了——去布道会，去葬礼，等等。她的行医成功如昔，她的烈酒比以往更加醇美，如果那是可能的话。事实证明，咖啡馆本身是有利可图的，是方圆几英里内唯一寻欢作乐的地方。

所以暂时就先看看这些随意和零散的片段吧。看他们在一个红色的冬日清晨出发去松树林打猎，驼背踩着阿米莉亚小姐的脚印行进。看他们在她的地里面工作——莱蒙表哥站在一边根本无所事事，但却敏捷地指出伙计中任何的偷懒行为。秋天的下午他们坐在后面的台阶上砍甘蔗。炫目的夏日他们在湿地那里度过，那儿的水柏树是一种深黑绿色，在缠结的湿地树木之下有一团令人昏昏欲睡的阴郁。当小路穿过一块沼泽地或一片发黑的水域时，阿米莉亚小姐俯身让莱蒙表哥攀到她的背上——她涉水向前，驼背伏在她肩上，紧挨着她的耳朵或她宽阔的额头。阿米莉亚小姐偶尔摇柄发动她买来的那辆福特，招待莱蒙表哥去奇霍看一场电影，或去某个遥远的市集，或是去看斗鸡。驼背对各种热闹场面都兴致盎然。当然，他们每天早上都在自己的咖啡馆里，他们常常会在楼上客厅里的炉火边坐上几个小时。因为驼背在夜里总是病恹恹的，害怕躺着凝望黑暗。他对死亡有一种深深的恐惧。阿米莉亚小姐不会让他自己一个人待着受这种恐惧的折磨。或许甚至可以这样推断，咖啡馆的开设主要就是因为这个缘故，这给他带来了陪伴与乐趣，帮他熬过夜晚。就用这些浮光掠影来组成这些年的一个整体意象吧。暂时略过不提也罢。

现在这一切行为是该有一个解释了。已经到了谈论爱的时间。因为阿米莉亚小姐爱莱蒙表哥。每个人都清楚得很。他们住在同一所房子里，从来没见他们分开过。因此，据迈克菲尔夫人——一个鼻子上长疣子、不停地把她那几件家具从前厅这边移到那边的老事儿婆说；也据其他某些人说，这两个人生活在罪恶之中。就算他们是亲戚，他们也只是介于堂兄妹和表兄妹之间的那点亲缘，甚至那也是根本无法证明的。

话说回来，当然阿米莉亚小姐是一个孔武有力的大个子，超过六英尺高——而莱蒙表哥则是一个瘦弱的小驼背，只及她的腰。但这对于矮胖子迈克菲尔太太和她的三朋四友来说反而更好，因为她们和她们的同类都对不般配和让人可怜的结合喜闻乐见。那就随她们去吧。好人们认为如果这两人已经在彼此的肉体中找到了某种满足的话，那么这个问题只是他们跟上帝的事情。所有明智的人对于这个猜想的看法都是一致的——他们的回答是一个直截了当的“不”字。那么，这爱究竟是一种什么东西呢？

首先，爱是两个人之间的一种共同经验——但这并不意味着它对于身处其中的两个人来说是一种相似的经验。世上有爱者和被爱者，但这两者却来自不同的国度。通常被爱者只是一个将爱者心中静卧已久的爱之储藏全部激发出来的元素。而不知怎的每一个爱者都知道这一点。他在自己的灵魂中感觉到他的爱是一件孤独的事情。他渐渐认识到一种新的、陌生的孤独感，而正是这种认识令他苦痛。于是爱者只有一件事情可做。他必须尽他所能将自己的爱藏在心中，他必须为自己创造一个全新的内在世界——一个激烈而陌生的世界，完全地囿于自身。还要在这里补充一句，我们所说到的这个爱者并不一定是一个攒钱买结婚戒指的年轻男子——这个爱者可以是男人、女人、孩子，或者其实是这个尘世上的任何一个人。

话说，被爱者也可以是任何类型的。最稀奇古怪的人也可以是爱的激发元素。一位老态龙钟的曾祖父，或许依旧只爱他二十年前一天下午在奇霍街头见到的陌生女孩。传教士或许会爱上一个堕落的女人。被爱者或许是奸诈、油头粉面、一身恶习的。是的，而且爱者或许像其他任何人一样对此一清二楚——但这丝毫不影响他爱的演化。一个极其平庸的人可以是一场狂野的、恣意的、沼地毒铃兰般美丽的恋爱的对象。一个好人或许是一场既暴烈又下贱的恋爱的激发元素，或者一个喋喋不休的疯子或许会在某人的灵魂中唤起一首温柔而又单纯的田园诗。因此，任何一种爱的价值和品质都仅仅取决于爱者自己。

正是出于这个原因我们大多数人都宁愿爱而不是被爱。几乎人人都想成为爱者。而简单的真相是，以一种深奥而秘密的方式，为人所爱的状态对于许多人来说是无法忍受的。被爱者恐惧并憎恨爱者，并且有着最好的理由。因为爱者永远想要将自己所爱的人剥得精光。爱者渴望与被爱者产生一切可能的关系，哪怕这种体验能够带给他的只有苦痛。

前面提到过阿米莉亚小姐结过一次婚。这个奇特的插曲或许也可以在这里说明一下。要记住这一切都发生在很久以前，它是阿米莉亚小姐在驼背来找她之前，与这一现象——爱——唯一的亲身接触。

当时的镇子跟现在一样，只是那时只有两家店而不是三家，而且沿街的桃树也比现在更弯更小。阿米莉亚小姐那时候十九岁，她父亲已经死了好几个月。那时候镇上有一个修织布机的，名叫马文·迈西。他是亨利·迈西的兄弟，即使你认识他们，也永远不会猜到这两人是至亲。因为马文·迈西是这一带最英俊的男人——六英尺一英寸高，肌肉硬邦邦的，有一双不慌不忙的灰眼睛和一头鬈发。他养尊处优，薪酬很高，有一块金表，后盖打开是一幅瀑布的图画。从外表和世俗的观点来看，马文·迈西是个幸运的家伙，他对任何人都无需点头哈腰，要什么就有什么。但从更严肃而深思熟虑的视角来看，马文·迈西并不是一个让人羡慕的人，因为他是一个邪恶的角色。他的名声跟任何年轻人一样坏，如果不是更坏的话。有好几年，在他还是个孩子的时候，一直随身带着他在一场剃刀格斗中杀死的一个人盐渍风干的耳朵。他曾经在松树林里剁掉松鼠的尾巴，只为了取悦自己，而在他的左后裤兜里还携有违禁的大麻烟叶，用来引诱那些心灰意冷、萌生死意的人。然而，尽管臭名昭著，他却依然是这一带很多女性所爱的人——那时候有好几个年轻姑娘秀发洁净，眼波温柔，有着柔软甜美的小屁股和迷人的风姿。这些温顺的年轻女孩都被他欺负和羞辱了。终于，在二十二岁时，这个马文·迈西选择了阿米莉亚小姐。那个孤独、瘦高、眼神怪怪的姑娘正是他思恋的人。他找她也不是为了她的钱，而仅仅是出于爱。

而爱改变了马文·迈西。在他爱上阿米莉亚小姐之前尽可质疑这样一个人究竟有没有心和灵魂。然而他品格上的丑陋是有办法解释的，马文·迈西在这世上曾经有过一个艰辛的开始。他是六个多余的孩子之一，他们的父母简直不配叫做父母。这对父母是放荡的年轻人，喜欢在湿地周围钓鱼跟闲逛。他们的孩子几乎每年都新添一个，对他们来说孩子仅仅是累赘而已。晚上从工厂回到家时，他们看着那些孩子的眼神就好像不知道他们究竟打哪儿来的一样。孩子一哭就挨打，他们在这世界上学到的第一件事就是寻找房间里最黑暗的角落，尽可能把自己藏得隐蔽一点。他们瘦得像白毛小鬼一样，他们也不说话，甚至互相之间都不说。最后，他们都被父母遗弃了，任由这个镇子来发落。那是一个严冬，工厂关停了近三个月，到处都很苦。但这个镇子不会让白人孤儿在你眼前冻死在路边。于是事情就变成了这样：最大的孩子，八岁，去到奇霍之后消失了——也许他在什么地方乘上一列货运火车进入了外面的世界，没人知道。另外三个孩子被轮流寄养在镇上，从一个厨房辗转到另一个厨房，由于体质羸弱，他们在复活节之前就死去了。最后两个孩子是马文·迈西和亨利·迈西，他们被一家收养了。在镇上有个好女人名叫玛丽·黑尔太太，她收养了马文·迈西和亨利·迈西，爱他们一如己出。他们在她家里被养大，受到很好的照顾。

但幼儿的心脏是娇嫩的器官。在这世界上，一个残酷的开始可以将它们扭曲成奇怪的形状。一个受伤儿童的心脏可以收缩得那么小，之后它便永远坚硬而布满了坑洼，像一颗桃核一样。再或者，这样一个孩子的心脏会溃烂肿胀起来，以至于身体里装着它都成了一种痛苦，很容易被最平常的东西擦破、弄伤。这后一种情况就发生在亨利·迈西头上，他和他的兄弟相反，是镇上最善良温和的男人。他把他的工资借给不走运的人，在过去的日子里，他时常星期六晚上去照顾那些父母泡在咖啡馆里的孩子。但他是个腼腆的人，并且有着一个心脏肿胀并疼痛的人的相貌。然而，马文·迈西长大了却胆大包天，残酷无情。他的心脏变得像撒旦的角那么强硬，在他爱上阿米莉亚小姐之前，除了耻辱和麻烦，他没有给他兄弟和那个养大他的好女人带来过任何东西。

但爱逆转了马文·迈西的品格。他爱了阿米莉亚小姐两年，却并没有表白。他会站在她的房舍近前，帽子拿在手里，他的眼神是温顺、渴望且朦胧的灰色。他彻底改造了自己。他善待他的兄弟和养母,他把工资存起来,学会了节俭。此外，他还伸手向上帝求告。星期天他不再整天躺在门廊的地板上唱歌弹吉他；他上教堂做礼拜，参加所有的宗教集会。他学会了良好的礼仪；他训练自己站起身来把座位让给女士，他戒掉了咒骂、打架以及无谓地滥用圣名。就这样，他用两年完成了这一转变，在各个方面改善了他的品格。随后在两年之末的一天晚上，他去了阿米莉亚小姐那里，带着一束湿地的鲜花、一袋猪小肠、一枚银戒指——那天夜里马文·迈西表白了。

于是阿米莉亚小姐就嫁给了他。后来每个人都大惑不解。有人说那是因为她想给自己弄些结婚礼物。也有人相信那是阿米莉亚小姐在奇霍的姨婆——一个可怕的老太婆唠叨出来的结果。不管怎样，她迈着阔步走下了教堂的过道，穿着她亡母的新娘礼服——黄缎做的，穿在她身上至少短了十二英寸。那是一个冬天的午后，明澈的太阳透过教堂的深红色窗户照进来，把一道奇怪的晕光投在神坛前这对伉俪身上。念结婚祝词的时候阿米莉亚小姐不断在做一个怪动作——她用右手掌向下搓揉她缎面婚纱的边缘。她是在伸手去够她工装裤的口袋，可是怎么也找不到，她的脸变得急躁、厌烦、愠怒了。最后，念好了那些词句，做完了婚礼祈祷，阿米莉亚小姐便急忙冲出了教堂，并没有挽着她丈夫的手臂，而是走在他前面，至少领先两步。

教堂离商店没多远，因此新娘和新郎步行回了家。据说在路上阿米莉亚小姐开始谈论起她跟一个农民刚谈成的某笔引火木柴生意。事实上，她对待新郎的态度可能完全跟她对待某个进店来买一品脱酒的顾客是一模一样的。但到那时一切都进行得够体面。全镇都很欣慰，因为人们已经看到了这一份爱在马文·迈西身上起到的作用，希望它也可以改造他的新娘。至少，他们指望这场婚姻缓和一下阿米莉亚小姐的脾气，在她身上加一点点新娘肥，并最终把她变成一个靠谱的女人。

他们错了。那天夜里透过窗口偷看的小男孩们都说这才是实际上发生的事：新郎新娘吃了一顿丰盛的晚餐，是给阿米莉亚小姐做饭的老黑人杰夫准备的。每道菜新娘都要了第二份，新郎则只尝了几口。然后新娘又处理起了她的日常事务——读报纸，填写一份店里的存货清单，等等。新郎在门口徘徊，腆着一张魂不守舍、愚蠢、幸福的面孔而未被留意。十一点钟，新娘拿着一盏灯上楼去了。新郎紧跟在她身后。到目前为止一切都进行得够体面的，但随后发生的事却是亵渎神明的了。

不到半小时阿米莉亚小姐就穿着马裤和一件卡其夹克跺着脚下楼了。她的脸色颇为阴暗，因此看上去很黑。她砰地关上了厨房门，并且恶狠狠地踢了它一下。随后她控制住了自己。她拨旺了火，坐下来，把脚搁在厨房的炉台上。她读着《农夫年鉴》，喝着咖啡，并用她父亲的烟斗抽了一阵烟。她的脸板着，很严峻，此刻已慢慢变白，恢复了本来的脸色。她时不时地停下来用一张纸草草记下《年鉴》上的某一条信息。将近黎明时她走进自己的办公室，掀开打字机的盖子，那是她最近买来的，还在学习如何操作呢。这就是她度过自己整个新婚之夜的方式。白天她走到外面的院子里，仿佛什么事情都没有发生，她做了些木工活来造一个兔笼，那是她一周前开始做的，打算卖到什么地方去。

一个新郎没有办法把自己心爱的新娘领上床，而全镇又都知道的时候，他的处境是何其可悲啊！马文·迈西那天下楼还穿着他婚礼上的华服，一脸病容。天知道他是如何度过那一夜的。他闷头在院子里打转，看着阿米莉亚小姐，但跟她保持一定的距离。然后将近正午的时候他生出了一个想法，便动身往协会城的方向去了。他回来时带着礼物——一枚蛋白石戒指，一个当时流行的那种粉红色珐琅首饰，一个上面有两颗心的银手镯，一盒花了两块半美元买来的糖果。阿米莉亚小姐看了看这些精美的礼品，打开糖果盒，因为她饿了。剩下的礼物她精明地估算了一下它们的总价——然后就把它们放到柜台上出售了。这一夜跟前一夜的过法大同小异，只是阿米莉亚小姐拿了自己的羽绒床垫在厨房炉灶边上搭了一个铺，她睡得很好。

事情就这样持续了三天。阿米莉亚小姐像往常一样料理她的生意，并对某一个谣传，就是沿路下去十来英里要建一座桥这件事大感兴趣。马文·迈西依旧在她的房舍里里外外跟随着她，他有多痛苦清清楚楚都写在了脸上。接着第四天他做了一件极欠考虑的事：他去到奇霍，带回来一名律师。随后在阿米莉亚小姐的办公室里，他签字把他的全部家当，就是他自己攒钱买下的十英亩林地，都转给了她。她严肃地审读了文件以确保没有任何欺诈的可能性，冷静地将它放入她的办公桌抽屉里存档。那天下午，马文·迈西拿了一瓶一夸脱的威士忌，带着它独自一人去到湿地，那时候太阳还照着呢。将近傍晚时，他醉醺醺地回来了，瞪着湿润的大眼走到阿米莉亚小姐面前，把手放在她的肩膀上。他想要对她说点什么，但在他开口之前她已经拳头一挥重重打在他的脸上，他仰面被甩到了墙上，当场掉了一颗门牙。

这事其余的部分只能大致提一下。打过了第一回后，只要他进入她一臂所及的范围，只要他一喝醉，阿米莉亚小姐抬手就打。最后她彻底把他赶了出去，于是他被迫忍受当众出丑的苦。白天里他徘徊的地方恰好就在阿米莉亚小姐地产的边界线以外，有时一副憔悴疯癫的样子，他会拿着他的来复枪坐在那里清洗，定定地凝望着阿米莉亚小姐。阿米莉亚即使害怕也没有表现出来，但她的脸比以往都更加严峻了，而且经常朝地上啐唾沫。他最后一次犯傻是在一天夜里爬进了她店铺的窗口，坐在里面的黑暗之中，不为任何目的，直到第二天早晨她下楼为止。为此阿米莉亚小姐立即动身去奇霍的法院，以为可以告他擅闯私宅而把他关进监狱。马文·迈西在那一天离开了镇子，没有人看见他离去或者知道他去了哪儿。离开时他把一封部分用铅笔、部分用墨水写的奇怪的长信放在了阿米莉亚小姐的房门下面。这是一封狂热的情书——但其中也有威胁，他发誓这辈子一定会报复她的。他的婚姻持续了十天。全镇都感到了特殊的满足，就是某人终于被某种无耻而可怕的手段彻底搞垮时，人们所感到的那种。

留在阿米莉亚小姐手里的是马文·迈西曾经拥有的一切——他的林地，他的金表，他的每一件财物。但她似乎并不怎么重视它们，那年春天她裁掉了他的3K党长袍来盖她的烟草。他曾经做过的这一切就是为了让她更加富有并把爱带给她。但说来也怪，她一说起他却总是怀着一腔可怕而怀恨的苦痛。她一次也没有提起过他的名字，而总是把他轻蔑地称为“跟我结婚的那个修织布机的”。

后来，有关马文·迈西的各种骇人谣言传到镇上时，阿米莉亚小姐非常高兴。因为马文·迈西一旦从自己的爱中解脱出来，他的真正本性终于暴露了。他变成了一个罪犯，他的照片和他的名字登在这个州的所有报纸上。他抢了三个加油站，并用一支锯短的枪洗劫了协会城的A&P[①]商店。他涉嫌谋杀一个叫眯缝眼山姆的著名劫匪。所有这些罪行都跟马文·迈西的名字连在一起，因此他的邪恶在许多地区都已人尽皆知。后来法律终于惩治了他，当时他醉卧在一家旅馆房间的地板上，身边是他的吉他，右脚的鞋子里是五十七美元。他受了审，被判了刑，被送进了亚特兰大附近的监狱。阿米莉亚小姐深感欣慰。

---

①美国超市连锁 The Great Atlantic & Pacific Tea Company（大西洋与太平洋茶业公司）的缩写。

嗯，这一切都发生在很久以前，这就是阿米莉亚小姐的婚姻故事。全镇很长一段时间都拿这桩怪事当笑话。不过虽然这爱的外在事实的确可悲而又可笑，但必须记住，真正的故事是发生在爱者本人灵魂中的。所以除了上帝又有谁可以充当这一场或任何爱情的裁判呢？恰恰就在咖啡馆的第一夜，有几个人突然想到了这个倒霉的新郎，他被关在阴暗的监狱里，在许多英里之外。而在随后的年月里，马文·迈西并没有被镇上人彻底遗忘。人们从未当着阿米莉亚小姐或驼背的面提起过他。但对他的激情和他的罪行的记忆，对身陷囹圄的他的遥想，像一个令人不安的低音，隐在阿米莉亚小姐的幸福之爱和咖啡馆的欢乐之下。所以不要忘记这个马文·迈西，因为他会在即将到来的故事里扮演一个可怕的角色。

在这家店成为一家咖啡馆的四年里，楼上的房间没有变动过。房屋这一部分的样子跟阿米莉亚这辈子所有其他时间的摆设，毫无二致，跟她父亲在的时候，极有可能也跟他自己的父亲那时候一样。那三个房间，前面交代过，都洁净得一尘不染。最小的物件都有其确切的位置，所有东西都由杰夫——阿米莉亚小姐的仆人——在每天早晨擦拭并掸去尘土。前室属于莱蒙表哥——那是马文·迈西获准登上此楼的那几个晚上待过的房间，此前则是阿米莉亚小姐父亲的卧室。房间里放着一个很大的衣橱、一个盖着白色钩边硬亚麻布的五斗柜和一张大理石面的桌子。床大极了，是一张黑檀木雕花的老式四柱卧榻。床上是两张羽绒床垫、垫枕和好几样手工制作的舒适用品。床那么高，下面有两级木台阶——之前没有哪个住客用过这些台阶，但莱蒙表哥每晚都把它们拉出来，庄严地拾级而上。台阶旁边，有一个画着粉色玫瑰的瓷夜壶，但被恰当地推到不起眼的地方了。没有地毯覆盖的暗色、光滑的地板，窗帘则是某种白色的质料，同样是钩花镶边的。

客厅的另一边是阿米莉亚小姐的卧室，小一点而且非常简单。床很窄，是松木的。有一个抽屉柜放她的马裤、衬衫，还有星期天的礼服，她还在壁橱的墙上敲了两颗钉子来挂她的湿地靴子。没有窗帘、地毯或任何样式的装饰。

当中的大房间是客厅，非常讲究。檀木的沙发，装有已经磨旧了的绿绸软垫，就放在壁炉前面。大理石面的桌子，两台胜家缝纫机，一大瓶蒲苇——每样东西都富丽堂皇。客厅里最重要的家具是一个玻璃门的大橱，里面陈列着许多贵重物品和古董。阿米莉亚小姐给这些藏品又增添了两件——一件是从一棵水橡木上得来的大橡子，另一件是一个小小的丝绒盒子，里面装着两粒灰灰的石子儿。在她没有很多事要做的时候，阿米莉亚小姐偶尔会拿出这个丝绒盒子，站在窗边，手心里托着这两粒石子儿，低头看着它们，眼神混合着迷恋、疑惑的尊崇，以及恐惧。它们是阿米莉亚小姐自己的肾结石，是几年前奇霍的医生从她体内拿出来的。那是一次可怕的经历，从第一分钟到最后一分钟，而她从中得到的就是那两粒石子儿。她肯定要对它们珍视有加，不然岂不是自认赔了个精光。因此她把它们收藏起来，在莱蒙表哥跟她同住的第二年，她找人把它们作为装饰镶在一条表链上送给他了。她添加的另一件收藏，那颗大橡子，对她来说很是珍贵——但在看它的时候，她的脸却总布满了悲伤与困惑。

“阿米莉亚，这个东西有什么含义？”莱蒙表哥问她。

“哦，就是一个橡子而已，”她回答，“就是大老爹去世那天下午，我捡到的一个橡子而已。”

“你是什么意思呢？”莱蒙表哥仍不罢休。

“我是说，它就是那天我在地上瞧见的一个橡子啊。我把它捡起来放到了口袋里。可我也不知道为什么。”

“好奇怪的收藏理由啊。”莱蒙表哥说。

阿米莉亚小姐和莱蒙表哥在楼上房间的谈话，通常都在凌晨最初几个小时驼背睡不着的时候，次数很多。按惯例，阿米莉亚小姐是一个沉默的女人，不会任由自己的舌头在她脑袋里冒出来的任何主题上狂奔乱窜。然而，还是有一些谈话的题目，让她乐在其中。所有这些话题都有一个共同点——它们是无穷无尽的。她喜欢思考可能下了几十年工夫仍旧无法解决的问题。莱蒙表哥，正好相反，无论什么问题都很乐意谈论，因为他是个大侃爷。他们进行各种谈话的方法都是完全不同的。阿米莉亚小姐总是对问题进行宽泛的、漫无目的的概述，用一种低沉的、若有所思的声音无休止地行进而不知所往——而莱蒙表哥会突然打断她，像喜鹊一样拾起某个细节，即使并不重要，但至少是具体的、涉及眼前的某个实际方面。阿米莉亚小姐最喜爱的几个话题是：星星，黑人为什么是黑的，癌症的最佳疗法，等等。她父亲也是她所珍视的一个无穷无尽的话题。

“唉，莱，”她会对莱蒙说，“那些日子我净睡觉了。灯一开我就上床去睡了——唉，我睡起觉来就好像是泡在暖暖的车轴润滑脂里一样。然后天就亮了，大老爹会走进来把他的手按在我的肩膀上。‘动起来啦，小小。’他会说。再后来炉子热了，他会从厨房里冲着楼上喊。‘炸玉米饼，’他就这么喊的，‘白肉蘸肉汁。火腿蛋。’我就会冲到楼下在热炉子边上穿衣服，这时候他就到外面水泵那儿洗漱去了。然后我们会到酒坊去或者也许是——”

“我们今天早上吃的玉米饼很差，”莱蒙表哥说，“炸得太急，里面根本没热。”

“那些日子里，大老爹把酒放空的时候——”对话会没完没了地继续下去，阿米莉亚小姐的长腿在壁炉前伸开着；不论冬夏，炉箅子上总是生着火，因为莱蒙体寒。他坐在她对面的一张矮椅子上，双脚几乎触不到地面，他的身体通常严实地裹在一张毯子或那条绿色的羊毛披肩里。阿米莉亚小姐从来不跟任何人提起她的父亲，除了莱蒙表哥。

那是她表现自己对他的爱的一种方式。他在最微妙和紧要的事情上都得到了她的信任。唯有他知道她把那张图纸放在哪儿了，图上画的是若干桶威士忌被埋藏在附近一处地产的哪个地方。唯有他可以拿到她的银行存折和古董柜子的钥匙。他从收银机里拿钱，大把大把地拿，享受钱在他的口袋里叮当作响的感觉。他拥有这个家里的几乎所有东西，因为他一不高兴阿米莉亚小姐就急得团团转，要找件礼物送给他——以至于到现在手上几乎没剩下什么东西可以给他了。在她的生活中，她唯一不想与莱蒙表哥分享的部分，是她那十天婚姻的记忆。马文·迈西是他们两人之间从来没有在任何时候讨论过的一个话题。

那么就让缓慢的岁月流过，来到莱蒙表哥初来此镇六年之后一个星期六的傍晚吧。那是八月，天空已经在镇子上像一片大火似的燃烧了一整天。此刻青绿的暮色临近，才有了一分安歇下来的感觉。街道上覆盖了一英寸厚而干的金色尘土，小孩子们半裸着跑来跑去，时不时打着喷嚏，汗淋淋的，而且很烦躁。工厂中午就歇工了。主街两边房子里的人都坐在自己的台阶上休息，女人拿着棕榈扇子。阿米莉亚小姐的店铺前有一块招牌，写着咖啡馆。后门廊挺凉快，阴影呈栅格状，莱蒙表哥坐在那里摇着冰激凌机——他时不时拨开盐和冰，拿出搅拌器来舔一舔，看是不是已经做好了。杰夫在厨房里做饭。那天一大早阿米莉亚小姐已经在前廊的墙上贴了一张告示，上面写着：鸡肉晚餐——二十美分，今晚有售。咖啡馆已经开门了，阿米莉亚小姐在办公室里刚刚完成了一批工作。八张桌子都已满座，机械钢琴送来一段叮叮当当的曲调。

一个角落里，带着一个孩子坐在一张靠近门口的桌子边的，是亨利·迈西。他在喝一杯烈酒，这对他来说不太寻常，因为烈酒很容易让他上头，或哭或唱。他的脸煞白，左眼在一种神经质的抽搐中眨动，他焦躁不安的时候经常是这个样子。他进咖啡馆的时候侧着身子，无声无息的，有人打招呼他也一言不发。他边上的孩子是霍勒斯·威尔斯的，这天一早就被放在阿米莉亚小姐的店里等着看病。

阿米莉亚小姐从办公室里出来时心情很不错。她料理了厨房里的几件小事情就走进了咖啡馆，用手指捏着一个鸡屁股，那是她的最爱。她环顾房间，看到总体上一切都很好，便走到角落里亨利·迈西的桌前。她把椅子转过来，面朝椅背跨坐着，因为她只想寒暄一下，还不准备吃晚饭。有一瓶刻力克酒在她工装裤的裤袋里，这是一种用威士忌、冰糖和一味秘方配制而成的药酒。阿米莉亚小姐拔开瓶塞，把它倒进孩子的嘴里。然后她转向亨利·迈西，看到他左眼神经质地眨动，问道：

“你哪儿不舒服？”

亨利·迈西似乎就快要说出什么难出口的话了，但对着阿米莉亚小姐的眼睛久久地凝望了一阵之后，他吞下了话，没有开口。

于是阿米莉亚小姐又转向她的病人。孩子只有脑袋露在桌面上。他的脸很红，半闭着眼睑，嘴巴微微张开。他的大腿上长了一个又硬又肿的大疖子，被送到阿米莉亚小姐这儿来开刀。但阿米莉亚小姐给孩子用的是一种特殊的方法；她不喜欢看到他们挨痛，挣扎，受到惊吓。所以她让这孩子在店里待了一整天，给他嚼甘草，时不时地口服刻力克酒，将近傍晚时她在他的脖子上系了一块餐巾，让他把晚饭吃饱。现在他坐在桌前，脑袋慢慢地从一边晃到另一边，有时他一边呼吸一边还发出一阵疲惫的呼噜声。

咖啡馆里有点骚动，阿米莉亚小姐迅速转头张望。莱蒙表哥已经进来了。驼背大摇大摆地走进咖啡馆，像每天晚上那样，到了房间的正中央时他突然停了下来，机灵地环视四周，总体估量了一下客人，并迅速确定了当晚可以打什么样的感情牌。驼背是一个挑拨离间的大师。他享受任何形式的争斗，不用说一个字就可以让人互相为敌，简直不可思议。就是拜他所赐雷尼家的双胞胎两年前为一把折刀吵了起来，那以后两人彼此就再没有说过一个字。他目睹了瑞普·威尔伯恩和罗伯特·卡尔弗特·黑尔的大战，以及从他进镇以来为那事而发生的每一次打斗。他到处嗅探，知道每个人的隐秘私事，醒着的每时每刻都在惹是生非。然而够奇怪的是，尽管如此，咖啡馆的生意兴隆却正是驼背的功劳。什么时候都没有他出场时那么欢快。只要他一走进房间，立刻就有一种紧张的感觉，因为有这个好事者在，谁也说不准会有什么事情落到你头上，或者房间里会突如其来地发生什么事情。在可能发生的骚乱或灾祸面前，人们从来没有像这时候那么自由任性、那么纵情欢乐的了。所以当驼背步入咖啡馆的时候每个人都转过头来看他，随后立刻爆发出一阵聊天和拔瓶塞的声音。

莱蒙朝矮胖子迈克菲尔招了下手，后者正跟墨尔利·瑞安和亨利·福特·克林普坐在一起。“我今天走到腐烂湖去钓鱼了，”他说，“在路上我跨过一样东西，乍看像是一棵倒在地上的大树。可是我跨过去的时候觉得有什么动起来了，就再看了一眼，原来我脚底下居然是条鳄鱼，足有从前门到厨房那么长，比一头猪还粗。”

驼背聊个不停。每个人都时不时地看他一眼，有的留神听他聊的什么，有的没听。有时候他说的每一个字都不过是撒谎和吹牛而已。今天晚上他说的没一句是真的。他因为夏天扁桃体发炎在床上躺了一整天，下午很晚才爬起来摇冰激凌机。这事儿人人都知道，但他却站在咖啡馆的中央滔滔不绝地撒着这样的谎，吹着足以让耳朵打蔫的牛皮。

阿米莉亚小姐看着他，手插在口袋里，脑袋转向一边。她怪异的灰眼睛里有一份柔情，而且还自顾自地微笑着。她偶尔把视线从驼背身上移向咖啡馆里的其他人——那时她的眼神是骄傲的，其中还有一丝威胁的意味，仿佛是在看有谁胆敢为他的所有蠢事来找他算账。杰夫正在上晚餐，都已经盛在盘子里了，咖啡馆的新电风扇给空气带来一阵凉爽宜人的激荡。

“小家伙睡着了。”亨利·迈西终于说道。

阿米莉亚小姐低头看她身边的病人，脸色沉静下来应对眼前的事。孩子的下巴搁在桌边，一丝口水或刻力克酒的细流已经在他的嘴角冒起了泡。他的眼睛闭得很紧，一小群蚋虫已经安静地簇集在眼角上了。阿米莉亚小姐把手放在他的头上重重地摇了摇，但病人并没有醒。于是阿米莉亚小姐把孩子从桌上抱了起来，留心不去碰他腿上的痛处，走进了办公室。亨利·迈西跟在她后面，他们把办公室的门关上了。

莱蒙表哥那晚很无聊。没有多少事情发生，尽管很热，咖啡馆里的顾客们脾气却都很好。亨利·福特·克林普和霍勒斯·威尔斯坐在中间的桌子前面，伸出胳膊搂着对方，为某个冗长的笑话窃笑着——但莱蒙表哥走近他们时却插不上话，因为他错过了故事的开头。月光照亮了尘土遍地的道路，长不高的桃树黑黝黝的，一动不动，一丝风都没有。湿地蚊子引人昏睡的嗡鸣宛如静夜的回声。镇子似乎一片漆黑，除了在远远的道路尽头右边有一盏灯在闪烁。黑暗中的某处，一个女人在用一种野性的高音唱歌，那曲子没头没尾，只包含三个音，一直持续又持续。驼背站在那儿倚着门廊的栏杆，俯瞰着空空的路，仿佛是希望有谁会到来。

他身后有脚步声，然后是一个声音："莱蒙表哥，你的晚餐上桌了。"

"今天晚上我胃口不好。"驼背说，他一整天都在吃甜鼻烟，"我嘴里有一股酸味。"

"就吃一点，"阿米莉亚小姐说，"胸、肝和心吧。"

他们一起回到了明亮的咖啡馆，坐到亨利·迈西那桌。他们的桌子是咖啡馆里最大的一张，上面有一束湿地百合插在一只可口可乐瓶中。阿米莉亚小姐已经看完了她的病人，对自己很满意。关着的办公室门后只传出几声昏睡中的呜咽，没等病人醒过来、受到惊吓就全部结束了。孩子现在趴在他父亲的肩膀上，睡得很沉，他的小胳膊在他父亲的背上松弛地晃悠着，鼓鼓的脸蛋非常红——他们正要离开咖啡馆回家。

亨利·迈西依然沉默着。他吃得很小心，吞咽时不发一点声音，贪吃的程度还不及莱蒙表哥的三分之一，那一位自称没有胃口，现在却把晚餐一份接一份地收入腹中。亨利·迈西不时看一眼对面的阿米莉亚小姐，然后仍旧保持安静。

这是一个典型的星期六之夜。一对从乡下来的老夫妻在门口迟疑了一会儿，拉着彼此的手，最终还是决定进来了。他们在一起生活了这么久，这对乡下的老夫妻，看上去就像双胞胎一样相像。他们肤色棕黑、干瘪，仿佛是两颗会走路的小花生。他们离开得很早，而到午夜时其他大部分顾客也都走了。罗瑟·克莱恩和墨尔利·瑞安仍在下跳棋，矮胖子迈克菲尔坐在那儿，桌上放着一瓶酒（他妻子不会允许它出现在家里），继续平和地自言自语。亨利·迈西还没有离开，这很不寻常，因为他几乎总是一到夜里就立刻上床的。阿米莉亚小姐睡眼惺忪地打着哈欠，但莱蒙却静不下来，因此她没有建议在深夜关门。

最后，一点钟的时候，亨利·迈西抬头看着天花板的一角，静静地对阿米莉亚小姐说道："我今天收到了一封信。"

阿米莉亚小姐不是一个对这事大惊小怪的人，因为各种商业信函和目录全都是寄给她的。

"我收到了我哥哥寄来的一封信。"亨利·迈西说。

驼背一直把两手扣在脑后在咖啡馆里踱着正步，突然停了下来。他对于一场聚会之中任何气氛上的变化感觉都很敏锐。他扫视房间里的每一张脸，等待着。

阿米莉亚小姐板起面孔，攥紧了她的右拳。"尽管说吧。"她说。

"他获得了假释。他从监狱里出来了。"

阿米莉亚小姐的脸色很黑，她打了个寒战，尽管夜里很暖和。矮胖子迈克菲尔和墨尔利·瑞安把他们的跳棋盘推到一边。咖啡馆非常安静。

“谁？”莱蒙表哥问。他苍白的大耳朵好像在他的脑袋上长大而且变硬了。“什么事？”

阿米莉亚小姐用双掌猛拍了一下桌子。“因为马文·迈西是一个——”可是她的声音嘶哑了，过了好一阵才说道，“他就应该在那个监狱里待一辈子。”

“他干什么了？”莱蒙表哥问道。

一个长长的停顿，因为没有人清楚该如何回答。“他抢了三个加油站。”矮胖子迈克菲尔说。但他的话听上去并不完整，一种仍有什么罪行未被提及的感觉。

驼背不耐烦了。他不能容忍被排除在任何事情之外，哪怕是一份巨大的痛苦。他没听说过马文·迈西的名字，但这名字却诱惑着他，那些别人了解而他一无所知的话题只要提一下就是这样——例如讲到在他来之前就已被拆除的旧锯木厂，或是偶尔有一句话涉及可怜的莫里斯·费恩斯坦，或是回忆在他之前曾经发生过的任何事件。除了这种与生俱来的好奇心以外，驼背还对形形色色的劫匪和犯罪怀有极大的兴趣。他一边大摇大摆绕着桌子走，一边自顾自地咕哝着“假释”和“监狱”这些字眼。但无论怎样执着地追问，他依然什么也没问到，因为没有人敢在咖啡馆里当着阿米莉亚小姐的面谈论马文·迈西。

“信里没有讲很多，”亨利·迈西说，“他没有说他要去哪里。”

“哼！”阿米莉亚说，她的脸依旧板着，很黑，“他永远别想拿那只蹄子踩上我的地界。”

她把自己的椅子从桌子那儿往后推，准备让咖啡馆打烊。想到马文·迈西大概让她有点不放心，因为她把收银机又搬回了厨房，放在一个隐秘的地方。亨利·迈西顺着暗路走了。但亨利·福特·克林普和墨尔利·瑞安在前廊上徘徊了一阵。后来墨尔利·瑞安到处扬言，发誓说那天晚上他就预见到了即将发生的事情。但全镇的人毫不理睬，因为这是墨尔利·瑞安一直在宣扬的那一套。阿米莉亚小姐和莱蒙表哥在客厅里交谈了一会儿。到最后驼背觉得自己可以睡觉了，她就在他的床上安好蚊帐，一直等他念完了祈祷。然后她穿上自己的长睡袍，抽了两管烟，过了很长时间才睡。

那个秋天是一段欢乐时光。乡村各地的庄稼长势都很好，而那年岔瀑市场烟草的价格一直是坚挺的。炎热的长夏之后，最初的凉爽日子有一股明净的甘甜。秋麒麟草沿着尘土飞扬的道路生长，甘蔗成熟变紫。每天巴士从奇霍开来，把几个小孩子送到联合学校去接受教育。男孩在松树林里猎狐，冬天的被褥在屋外的洗衣绳上晾晒，甘薯在地里铺好又盖上了草以应对接下来更冷的月份。晚上，一缕缕纤细的烟从烟囱里升起，月亮在秋季的天空中是浑圆和橙色的。没有什么静寂比得上秋天最初几个寒夜的宁谧。有时，深夜无风之际，在镇上还能听到列车尖细而狂野的呼啸，穿过协会城开往遥远的北方。

对阿米莉亚·埃文斯小姐来说这是一段极其繁忙的时间。她从黎明到日落都在工作。她为自己的酒坊造了一台新的、更大的冷凝器，一星期就产出了足够干倒全郡的烈酒。她的老骡子磨了那么多的高粱都转晕了，她又烫洗了所有的梅森罐[①]，把梨脯储存起来。她十分期盼第一场霜冻，因为她已经换来了三头极大的阉猪，打算做很多烤肉、肥肠和香肠。

在这些个星期里，阿米莉亚小姐身上有一种品质被很多人注意到了。她经常笑，一种强烈而响亮的笑，她的口哨则有一种泼辣、悦耳的花式。她总是在试自己有多大力气，抬举重物，或是拿手指去戳自己坚硬的二头肌。有一天她坐在她的打字机前面写了一个故事——一个有外国人、暗门和数

①一种金属螺盖、用于保存食品的广口瓶。

百万美元的故事。莱蒙表哥总是和她在一起，跟随着她衣服的后摆到处游荡，她看他的时候脸上有一种明亮、温柔的表情，她说他名字的时候声音里萦绕着爱的低音。

第一股寒流终于来了。一天早晨阿米莉亚小姐醒来的时候，窗玻璃上有霜花，白霜给院子的片片草坪镀上了银。阿米莉亚小姐在厨房炉灶里生了一堆旺火，然后出门去看天色。空气寒冷而锋利，天空淡绿而无云。很快人们就开始从乡下进城来想弄清楚阿米莉亚小姐对天气有什么想法。她决定把最大的那头猪宰了，消息传遍了乡下。猪被宰了，一团橡木生的文火在烤肉坑里点起来了。后院里有猪血和烟的温暖气味，脚步的踩踏声、嗓音的回响飘荡在冬日的空气里。阿米莉亚小姐走来走去，发号施令，很快大部分工作就完成了。

她那天在奇霍有某件特别的事务要办，所以在确定一切都进展顺利之后，她摇着曲柄把汽车发动起来，准备出发了。她请求莱蒙表哥陪她同往，事实上，她请了他七次，但他不愿离开这一派喧闹的场景，想要留下。这似乎让阿米莉亚小姐很是困扰，因为她一直很喜欢让他跟在身边，而当她不管离家去多远的地方，都很容易思乡成疾。但在问了他七次以后，她就不再逼他去了。临走时她找了一根棍子，围着烤肉坑划了一道重重的线，离坑边大约两英尺，告诉他不要擅自越过那道边界。她是午餐之后离开的，打算在天黑之前回来。

现在，有一辆卡车或是汽车从奇霍开到别的什么地方去，沿着路穿过镇子，也不那么稀罕了。每一年收税的都要跑来跟阿米莉亚小姐这样的有钱人争论一番。如果镇上有谁，比如墨尔利·瑞安，忽发奇想地认为他居然也可以贷款搞一辆汽车，或是首付三美元弄来一台很好的电冰箱，像奇霍的商店橱窗里做广告的那种，那么就会冒出一个城里人来问些存心找别扭的问题，查明他所有的毛病，破坏他用分期付款买任何东西的机会。有时候，尤其是因为他们正在修岔瀑公路，拉着铁链帮的汽车时常会穿镇而过。也常有开车的人迷了路，停下来询问怎么才能再找到正确的路。因此，那天下午晚些时候有一辆卡车经过工厂，然后停在阿米莉亚小姐的咖啡馆附近的路中间，根本就没什么特别的。一个男人从卡车后面跳了下来，卡车就开走了。

这个人站在马路中间环视四周。他是一个高大的男子，有着棕色的鬈发和转得很慢的、深蓝色的眼睛。他的嘴唇很红，他笑起来是吹牛人那种懒散的、嘴巴半开着的笑容。这个人穿着一件红衬衫，系着一条压花皮革的宽腰带；他拎着一个铁皮的手提箱和一把吉他。镇上第一个看到这个新来者的是莱蒙表哥，他是听见了车子换挡的声音之后跑过来查探的。驼背在前廊的角落探出头来，但没有迈出来露出全身。他和那个人彼此注视着，那不是两个陌生人初次见面并迅速打量一下对方的眼神。他们交换的眼神是一种奇特的凝视，像两个罪犯认出了彼此的眼神。随后那个穿红衬衫的人耸了耸左肩，转过身去。驼背看着那个人沿路走去的时候脸色煞白，过了片刻他开始小心翼翼地跟在后面，保持很多步的距离。

立刻，全镇都知道马文·迈西又回来了。首先，他去了工厂，把胳膊肘懒洋洋地撑在一个窗台上往里看。他喜欢看别人努力工作，像所有天生的二流子一样。工厂顿时陷入了某种目瞪口呆的混乱之中。染色工离开了灼热的大桶，纺纱工和织布工忘记了他们的机器，就连矮胖子迈克菲尔，身为工长，也不知道究竟该干什么了。马文·迈西依然挂着他那副湿湿的半张着嘴的微笑，哪怕是看到他弟弟的时候，他自吹自擂的表情也没有改变。巡视过工厂之后，马文·迈西沿路走到他从小长大的那所房子，把自己的手提箱和吉他留在前廊上。随后他绕着贮水池走了一圈，巡视了教堂、三家商店和镇子的其余部分。驼背在他后面一段距离费力地悄悄跟着，双手插在口袋里，他的小脸仍然十分苍白。

天晚了。红色的冬日正在沉落，西面的天空一片暗金与深红。羽毛蓬乱的烟囱雨燕飞回自己的巢窝。灯盏点亮。时不时飘来烟味，以及咖啡馆后面火坑里慢火烹制的烤肉那温暖浓郁的香气。在镇里兜了几圈之后，马文·迈西在阿米莉亚小姐的地界前面停下，读门廊上头的招牌。然后，没犹豫就径自闯了进来，他迈步穿过侧院。工厂的汽笛吹响一记细细的、寂寞的爆音，日班结束了。很快阿米莉亚小姐的后院里除了马文·迈西之外，又有了其他人——亨利·福特·克林普、墨尔利·瑞安、矮胖子迈克菲尔，还有几个孩子和大人站在地产的边界周围观望着。话都不多。马文·迈西自己一个人站在火坑一边，其他人都簇拥在另一边。莱蒙表哥站的地方离所有人都有点远，他的眼睛盯着马文·迈西的脸不放。

“你在监狱里过得挺好吧？”墨尔利·瑞安问道，愚蠢地哧哧笑着。

马文·迈西没有回答。他从后裤袋里抽出一把大折刀，慢慢地打开它，把刀锋在自己裤子的后臀上磨。墨尔利·瑞安突然就一声不响了，走过去直接站到了矮胖子迈克菲尔宽阔的背脊后面。

天快黑的时候阿米莉亚小姐才回家。他们隔着很远的距离就听到了她汽车的轰鸣，然后是车门的砰响和一记磕碰的声音，仿佛她正把什么东西拖过她店铺前面的台阶。太阳已经落山了，空气里弥漫着初冬傍晚烟雾腾腾的蓝色光晕。阿米莉亚小姐慢慢走下后面的阶梯，一群人在她院子里非常安静地等待着。这个世界上没有几个人能跟阿米莉亚小姐对着干，而她对马文·迈西更有着这种特殊而又刻骨的仇恨。人人都等着要看她发出一声可怕的怒吼，抓过哪样危险的物件，把他彻底地赶出城去。起初她并没有看到马文·迈西，她的脸上是释去重负、恬然如梦的表情，她出了远门回到家的时候很自然就是那个样子。

阿米莉亚小姐肯定是在同一个瞬间看见了马文·迈西和莱蒙表哥。她从一个看到另一个，但她厌恶的惊愕注视最终并没有落在监狱来的浪荡子身上。她，以及其他所有人，看着莱蒙表哥，而他也的确是够瞧的。

驼背站在火坑头上，他苍白的脸被橡木焖烧的火焰发出的柔光照亮着。莱蒙表哥有一种非常奇特的能耐，每当他想要讨好什么人的时候就会用。他会一动不动地站着，只需略微专注一点，他就能不可思议地迅疾与轻松地扑动他苍白的大耳朵。他想从阿米莉亚小姐那里得到什么特别的东西时总会使出这一招，那是她完全无法抗拒的。现在他就站在那里，驼背的耳朵在他的脑袋上疯狂地扑动着，但这会儿他看的并不是阿米莉亚小姐。驼背正冲着马文·迈西微笑，眼里是一种近乎绝望的恳求。起初马文·迈西根本没理会他，而当他终于对驼背瞥了一眼时，目光中也没有任何赞赏。

“这个断脊梁什么毛病？”他粗鲁地甩了一下拇指问道。

没有人回答。而莱蒙表哥，看到自己的绝技没起什么作用，又使出新招数来增添说服力。他翻动眼皮，把它们弄得好像苍白的飞蛾被关在眼眶里一样。他的脚在地上来回刮蹭，双手四下挥舞，最后还跳起了一支小碎步一般的舞蹈。在冬日下午最后的幽暗天光下他仿佛是一个湿地鬼魂的孩子。

马文·迈西，就他一个在院子里这么些人里面，无动于衷。

“这矮子在抽风吧？”他问，没人回答，于是他走上前就在莱蒙表哥的头侧猛击一掌。驼背趔趄，然后倒地。他坐在跌倒的地方，还是抬头望着马文·迈西，他的耳朵以极大的努力作出最后一记可怜的小小扑动。

这时每个人都转向了阿米莉亚小姐，看她会怎么做。这么些年就没人敢动莱蒙表哥一根头发，即使有很多人一直手痒痒想要这么做。哪怕有人对驼背出言不逊，阿米莉亚小姐也会断掉这个鲁莽家伙的赊账，之后还要想办法让他吃很长时间的苦头。所以这时候如果阿米莉亚小姐用后门廊上那把斧头劈开马文·迈西的脑袋也不会有人感到意外的。不过她没做那样的事。

有的时候阿米莉亚小姐似乎会出神。而这种出神的原因大家通常都知道并且理解。因为阿米莉亚小姐是一个好医生，从来没有把湿地里的草根和其他没检验过的成分碾碎了给上门的病人试验过，每当她发明了一种新药，她总是首先拿自己来试验。她会吞下极大的剂量，随后就若有所思地在咖啡馆到砖砌的厕所之间来回步行一天。通常，突然出现一阵剧烈的肠绞痛，她会站着一动不动，古怪的眼睛盯着地面，双拳握紧。她在努力确定是哪个器官正在起效，这个新药最有可能治愈哪种疾病。而这会儿她看着驼背和马文·迈西，脸上就呈现着同样的表情，绷紧了估量着体内的某种疼痛，尽管那天她根本没有服用新药。

“这是给你一个教训，断脊梁。”马文·迈西说。

亨利·迈西从前额往后捋了捋自己软软的花白头发，神经质地咳嗽起来。矮胖子迈克菲尔和墨尔利·瑞安拖着自己的脚，外围的儿童和黑人一声不吭。马文·迈西折起他一直在磨来磨去的刀，无畏地环顾一下之后就大摇大摆走出了院子。火坑的余烬正化成灰羽般的尘埃，天色已经很暗了。

马文·迈西就是这样从监狱里回来的。全镇没有一个活人乐意见到他。就连玛丽·黑尔夫人也是，她是一个好女人，是她用慈爱与悉心照料把他养大的——第一眼看见他时连这个年老的养母也摔掉了手上的平底锅，泪流满面。但没有什么打搅得了马文·迈西。他坐在黑尔家宅后门的台阶上，懒洋洋地弹着自己的吉他，等晚饭准备好了，他就把家里的孩子推到一边，给自己上一份大餐，尽管玉米饼和白肉都不够分的。吃完之后他把自己安顿在前房最好最暖和的睡觉地方，连梦都不来烦他。

阿米莉亚小姐那天晚上没开咖啡馆。她非常仔细地锁上了门和所有的窗户，看不到她和莱蒙表哥有任何动静，一盏灯在她的房间里亮了一整夜。

马文·迈西带来了厄运，从一开始就是，可想而知。第二天天气突变，热起来了。连清晨的空气里都有一股黏糊糊的燠闷，风送来湿地的腐烂气味，发出纤细刺耳声音的蚊子在绿色的贮水池上密集如网。这不合时令，比八月还要糟糕，造成了很多破坏。因为郡里几乎每个有一头猪的人都效仿阿米莉亚小姐，在前一天屠宰。什么香肠在这种天气能放得下去啊？没过几天就到处都是慢慢变质的肉味，一片讨厌的暴殄天物的气氛。还有更糟的，在岔瀑公路附近有一个家庭，聚会时吃了烤猪肉就都死掉了，全家每一个人。明摆着他们的猪被感染了——谁说得准别的肉是不是安全？人们进退两难，一边是对猪肉美味的垂涎，一边是对死亡的恐惧。这是一段糟糕和混乱的时期。

这一切的缘由，马文·迈西，心里一点羞耻都没有。哪儿都看得见他。上班时间他在磨坊周围游荡，朝窗口里面张望，星期天他就穿着他的红色衬衫，挎着吉他在路上来回巡游。他依然很英俊——棕的头发，红的嘴唇，宽阔结实的肩膀。但他内心的邪恶现在太臭名昭著了，即使堂堂仪表也帮不了他什么忙。而这种邪恶仅仅用他实际犯下的罪来衡量是不够的。诚然，他是抢了那些加油站。而在此之前他也糟蹋了郡里最温柔的姑娘，结果不过是一笑了之。无论有多少缺德事都可以算在他的头上，但撇开这些罪行他身上还有一种不为人知的卑劣，像一股气味一样与他难舍难分。另有一样——他从来不流汗，即使是八月也不流，这确实是一个值得沉思的信号。

现在对于全镇来说他似乎比以往任何时候都更危险了，因为在亚特兰大监狱里他肯定学会了蛊惑的法术。不然又怎么解释他对莱蒙表哥的影响呢？因为从他第一眼看到马文·迈西起，这个驼背就像被一个怪异的妖精附了身。每一分钟他都要跟在这个坐牢的家伙后面，而且一门心思要用那些愚蠢的诡计把他的注意力吸引到自己身上。然而马文·迈西不是恶狠狠地对他，就是根本不加理睬。有时驼背也会认输，独自歇在前廊的栏杆上，像极了一只蜷缩在电话线上的病鸟，将悲伤公之于众。

“可是为什么啊？”阿米莉亚小姐会问，用她那双灰色的对眼盯着他，紧攥着双拳。

“哦，马文·迈西。”驼背哼唧道，这个名字就足以打乱他呜咽的节奏，于是他就打了个嗝，“他去过亚特兰大。”

阿米莉亚小姐这时就会摇一摇头，阴沉地板起脸来。首先她对任何旅行都没有耐心；那些去亚特兰大旅行过或是从家里走五十英里去看海的人——那些闲不住的人她都很鄙视。“去过亚特兰大没给他带来什么光彩。”

“他进过监狱呢。”驼背说，向往得浑身难受。

你打算如何反驳这样的妒忌呢？在困惑之中阿米莉亚小姐对自己正在讲的话也不是太有把握了。“进过监狱，莱蒙表哥？哎哟，这样一种旅行可没什么好吹嘘的。”

在这几个星期里，阿米莉亚小姐被每一个人密切地关注着。她心不在焉地走来走去，她的脸僵冷得像是陷入了肠绞痛一般。出于某种原因，在马文·迈西到来以后，她就收起了她的工装裤，总是穿着此前专门留给星期天、葬礼以及法院开庭的红裙子。接着又过了几个星期，她开始采取一些措施来收拾局面了。但她的努力是难以理解的。如果她看到莱蒙表哥跟着马文·迈西在镇上到处走难过的话，为什么她不彻彻底底地表明态度，告诉驼背如果他跟马文·迈西来往的话，她就把他赶出去呢？这本来是很简单的事，莱蒙表哥必定是要向她屈服的，不然就要面对无处安身的可悲境遇。可是阿米莉亚小姐似乎已经丧失了自己的意志，她平生第一次为究竟该走哪条路而犹豫不决。和大多数人在这种不确定的处境中一样，她做了能做的最糟糕的事情——她同时走上了几条彼此之间互相冲突的路。

咖啡馆像往常一样每晚开门，而且，够奇怪的是，当马文·迈西大摇大摆地来到门口，屁股后面跟着驼背的时候，她并没有把他赶走。她甚至白请他喝酒，用一副放肆、扭曲的表情冲着他微笑。与此同时，她在湿地给他设了一个可怕的陷阱，如果他中计肯定会要了他的命。她让莱蒙表哥邀请他星期天来用晚餐，然后又想在他走下台阶时把他绊倒。她大费了一番周折来取悦莱蒙表哥——筋疲力尽地跑去看很远地方举行的各种表演，驾车三十英里去参加一个肖托夸[①]，

① Chautauqua，美国19世纪末至20世纪初流行的乡村集会和巡回表演活动，包括教育讲座、音乐会、戏剧演出等，因最早在纽约州肖托夸湖畔举行而得名。

带他到岔瀑去看一场庆典游行。总而言之对阿米莉亚小姐来说那是一段一心多用的时间。在大多数人看来她根本就是在攀登傻瓜山，人人都等着看结果会怎样。

天气再次转冷，镇子入冬，纺织厂最后一班结束之前夜幕就降临了。孩子睡觉时还穿着所有的衣服，女人掀起裙子的后摆在火边恍恍惚惚地把自己烤热。雨后，路上的泥土结成凝冻坚硬的辙痕，从房子的窗户里透出灯光微弱的闪烁，桃树瘦削而光秃。冬季黑暗、静默的夜间咖啡馆是镇子温暖的中心点，灯光耀射得如此明亮，四分之一英里之外都看得见。大铁炉子在屋子后面啸鸣，劈啪作响，变得通红。阿米莉亚小姐给窗户做了红的窗帘，她从一个在镇上路过的推销员那里买了很大的一束纸玫瑰，看着非常逼真。

然而并不只是它的温暖、它的装饰和它的明亮将咖啡馆造就为如此模样。咖啡馆对于小镇如此宝贵还有更深的原因。而这更深的原因与这些地方此前从不为人知晓的某种自豪感有关。要理解这种新的自豪感，心中必须牢记人命的低贱。总有很多人簇拥在一家工厂周围——但很少看到每家每户都有足够的餐食、衣服、咸肉可以分的。生活可以变成一场漫长而晦暗的挣扎，只为得到活下去所必需的东西。而令人困惑的一点就在于：每件有用的东西都有一个价格，只能用钱来买，因为世界就是这么转的。你不必思来想去就知道一包棉花或者一夸脱糖浆的价格。但从来没有任何数值被标在人命之上，它是免费送给我们的，拿走也不用付钱。它究竟值多少？如果你看一下周围，有时候那数值似乎很少，或者根本就是零。经常是你已经流过了汗，努力尝试了，事情却并没有变得有利于你，灵魂深处总会生出一种感觉，就是你值不了多少。

但是，咖啡馆带给这个镇子的新的自豪感对几乎每个人都产生了影响，连孩子都不例外。因为要进咖啡馆你并不需要买晚餐，或买一杯烈酒。那儿有一个镍子儿[①]的瓶装冷饮。如果你连这都买不起，阿米莉亚小姐还有一种名叫樱桃汁的饮料只卖一分钱一杯，是粉红色的，很甜。几乎所有人，除了T.M.维林牧师以外，一星期都至少来一次咖啡馆。孩子们喜欢在自己家之外的房子里睡觉，在邻家的餐桌上吃饭。这样的时候他们都表现得规规矩矩，很是骄傲。镇上的人坐在咖啡馆的桌前也一样很骄傲。他们来阿米莉亚小姐的店铺之前先要洗漱干净，进咖啡馆的时候在门槛上非常礼貌地蹭蹭脚底。在那里，至少有那么几个小时，可以把你在这世上“值不了多少”的这种深刻而又苦涩的领悟按捺下去。

---

① A nickle，面值5美分的镍币。

咖啡馆对于单身汉、不走运的人和痨病鬼算是一种特别的福利。这里或许应该提一下，有某种理由可以怀疑莱蒙表哥就是个痨病鬼。他灰眼睛的亮光，他的执拗，他的多嘴多舌，还有他的咳嗽——这些都是信号。另外，一般都认为佝偻的脊椎骨和肺痨之间是有某种联系的。但是无论什么时候，只要跟阿米莉亚小姐说起这个话题她就会火冒三丈，她总是气急败坏地否认这些症状，可是暗地里她却用胸口上的热敷、刻力克酒等来给莱蒙表哥调理。话说今年冬天驼背的咳嗽更严重了，有时候甚至在很冷的日子他都会突然浑身冒汗。但这并没有阻止他一直跟在马文·迈西后面。

每天一清早他就离开了店铺，去到黑尔太太家的后门，等了又等——因为马文·迈西是个睡懒觉的家伙。他会站在那儿轻声呼唤。他的声音就像孩子的声音一样，孩子们会耐心蹲守在地面上那些细小的洞孔一边，以为蚁蛉住在里面，用一根扫帚上的麦秆戳着洞眼，哀伤地呼唤着：“蚁蛉，蚁蛉——飞回家去吧。蚁蛉夫人，蚁蛉夫人。出来吧，出来吧。你家房子着火了，你的孩子烧光了。”就是用这样一种声音——既悲伤，又诱惑，还逆来顺受——驼背会在每天早上呼唤马文·迈西的名字。等马文·迈西终于出来了，他就尾随着他在镇上到处乱走，有时他们会一起出城到湿地里待好几个小时。

而阿米莉亚小姐仍在继续做那件最糟糕不过的事情，那就是，同时走几条路。莱蒙表哥出门的时候她没有把他叫回来，而只是站在马路中间寂寞地看着，直到他走出视野。几乎每天马文·迈西都跟莱蒙表哥一起在晚餐的时候出现，在她的餐桌上吃饭。阿米莉亚小姐起开梨子罐头，餐桌丰盛地摆上了火腿或是鸡肉，大碗的玉米糁粥，还有冬豌豆。确实有一回，阿米莉亚小姐想要毒死马文·迈西——但是出了一个错，盘子搞混了，她自己拿到了有毒的那一盘。她立刻从食物细微的苦涩中觉察到了这一点，于是那天她根本没吃晚饭。她斜着背靠在椅子上，触摸着自己的肌肉，看着马文·迈西。

每天夜里马文·迈西都到咖啡馆来，坐到最好最大的桌前，就是房间当中那张。莱蒙表哥给他拿来烈酒，酒钱他一分没给。马文·迈西把驼背拂到一旁，仿佛他是一只湿地蚊子，他不但对这些礼遇没有表现出丝毫的谢意，要是驼背碍了他的道他还会反手给他一掌，或者说："滚开，断脊梁——看我不揪光你的头发。"这时候阿米莉亚小姐就会从她的柜台后面走出来，非常缓慢地走向马文·迈西，紧握着双拳，她那条奇特的红裙子难看地垂裹着她骨节突出的膝盖。马文·迈西同样会握紧拳头，两个人缓慢地，意味深长地互相绕着圈子。然而，尽管人人都在屏息而视，却从未由此引发过什么事情。开战的时机仍未成熟。

这个冬天之所以被人记住，依然被人谈论，还有一个特殊的原因。一件大事发生了。人们在一月二日醒来，发现周围的整个世界完全改变了。天真无知的小孩儿看着窗外，迷惑不解地哭了起来。老人们回首往事却不记得这些地区有什么事可以与这个现象相提并论。因为这天夜里下雪了。在午夜之后的漆黑钟点里微暗的雪片开始轻轻地落到镇上。黎明时分地面都被盖没了，陌生的积雪封住了教堂深红色的窗户，将房舍的屋顶染白。雪带给小镇一片颓然、荒凉的景象。工厂附近两室的房子脏污、歪斜，好像就要塌了一样，不知怎的所有事物都是晦暗而又干瘪的。但雪本身——却有一种美，这一带没有几个人见识过。雪并不像北方人描绘的那样是白的。在雪里有蓝和银的轻柔色彩，天空是一片温和闪亮的灰色。飘落的雪悄然如梦——小镇何曾有过如此的寂静？

人们对下雪的反应各有不同。阿米莉亚小姐，望着窗外，若有所思地扭了扭光脚的脚趾，拢起睡衣的衣领贴住脖子。她在那儿站了一段时间，然后动手拉起百叶窗，锁上房子里的每扇窗子。她把这地方关得严严实实的，点起灯来，庄重地坐到她那碗玉米糊前面。这么做的原因并不是阿米莉亚小姐害怕下雪。仅仅是她对这一全新事件无法形成一个即时的观点，除非她确切肯定地知道她对一个问题的想法（几乎总是这样的），她宁可无视它。在她一生中，雪从来就没在这个郡里下过，她也从来没有这样或那样地思考过它。但是如果她承认了这场降雪，她就必须要作出某个决定，而在那些日子她生活里的烦心事已经够多的了。于是她在一片幽暗、点起了灯的房子里走来走去，装作什么事都没发生。莱蒙表哥则相反，兴奋得如癫似狂，上蹿下跳，并且趁着阿米莉亚小姐转身给他盛早餐的时候溜出了家门。

马文·迈西把降雪这事儿据为己有了。他说他了解雪，在亚特兰大就见过它，从他那天在镇上走来走去的神气来看就好像每片雪花都是他的一样。他哂笑抖抖索索从房子里爬出来挖几捧雪来尝的小孩子。维林牧师一脸愠怒地赶着路，因为他绞尽脑汁想要把雪编进他礼拜天的布道里去。大多数人对这个奇观既谦卑又高兴，他们讲话轻声细语，哪怕没必要也照说“多谢”和“劳驾”。有几个软弱的角色，当然喽，失魂落魄，喝醉了酒——但这种人并不太多。对所有人来说这都是一件大事，很多人数数自己的钱，计划当晚到咖啡馆去。

莱蒙表哥整天跟着马文·迈西跑，附议他对于雪的主张。

他诧异雪并不像雨那样落下，抬头凝望着梦一般轻轻飘落的雪片，直到因晕眩而摔倒在地。他满怀自豪，沾着马文·迈西的光——那副腔调让很多人忍不住冲他喊道：

"'哟嗬，'马车轮子上的苍蝇说，'咱们扬起的尘土好大啊。'"

阿米莉亚小姐并不打算供应晚餐。可是到了六点钟，前廊上一响起脚步声她就小心翼翼地打开了前门。那是亨利·福特·克林普，虽然没有食物，她还是让他坐在一张桌子前面，给他倒上一杯。别的人也来了。傍晚的空气凄寒刺骨，尽管雪不再下了，却有一阵风从松林里刮来，从地上卷起细雪的尘埃。莱蒙表哥直到天黑之后才来，跟他一起的是马文·迈西，带着他的铁皮手提箱和吉他。

"你这是要旅行？"阿米莉亚小姐立刻开口道。

马文·迈西到火炉边取了会儿暖。然后坐到自己的桌前把一根小木棍仔细地削尖。他剔着他的牙，时不时把棍子从嘴里拿出来看下棍尖，然后在自己的外衣袖口上擦擦。他根本懒得回答。

驼背看了看柜台后面的阿米莉亚小姐。他脸上没有一点恳求的意思，他似乎对自己很有把握。他把双手交叠在背后，自信地竖起了耳朵。他的双颊通红，两眼放光，衣服全湿透了。

“马文·迈西要来做客，跟我们过一段时间。”他说。

阿米莉亚小姐没有表示任何异议。她仅仅是从柜台后面走出来，探身在火炉上面，仿佛这个消息让她突然浑身发冷了。她背过身取暖的时候并不羞怯，像多数女性在大庭广众下那样只把裙子掀起一英寸左右。在阿米莉亚小姐身上没有一丝一毫的羞怯，她经常好像完全忘了还有男人在房间里。现在她就这么站着取暖，她的红裙子后面撩得非常高，无论是谁，只要想看，就可以看到她那一段强壮的、毛茸茸的大腿。她的脑袋转向一边，已经开始自言自语起来，一会儿点头，一会儿皱眉，她的声音里有指责和申斥的语气，尽管词句听不太清。与此同时，驼背和马文·迈西已经走上了楼——上到有蒲苇和两台缝纫机的客厅，来到阿米莉亚小姐住了一辈子的那些私人房间。从楼下的咖啡馆里你可以听见他们一路磕磕碰碰，打开马文·迈西的行李，安排他住下。

马文·迈西就是这样挤进阿米莉亚小姐家里的。莱蒙表哥把自己的房间给了马文·迈西，一开始他睡在客厅的沙发上。但降雪对他产生了很不好的影响。他先是感冒，之后又转成了冬季扁桃体炎，所以阿米莉亚小姐把自己的床让给了他。客厅里的沙发对她来说太短了，她的两只脚搭在沙发边上，人也经常滚到地板上。也许正是这样缺乏睡眠蒙蔽了她的智慧，她为了对付马文·迈西而做的一切都反弹回了自己身上。她中了自设的圈套，发现自己落入了种种可悲的处境。但她还是没有把马文·迈西赶出这所房子，因为她害怕会只剩下她一个人。一旦你跟别人在一起生活了，再要独自生活就是一场可怕的折磨。一个生着火的房间，时钟突然停止嘀嗒那一瞬间的寂静，一座空楼里焦虑的影子——接纳死敌进门总比面对独自生活的恐怖好一点。

雪并没有一直下。太阳出来了，没过两天镇子就回到了往常的模样。阿米莉亚小姐一直等到每片雪花都融化了才打开房门。然后她做了一次大扫除，把所有东西拿到太阳底下晒。但在此之前，她重新走进院子做的第一件事是把一根绳子绑在苦楝树最粗的一根树枝上。她在绳子末端绑了一个番红花色的口袋，里面紧紧地塞满了沙子。这是她给自己做的拳击沙包，从那天起她每天早晨都会在院子里拿它练拳。她原本就是一个不错的格斗家了——步伐有点沉，不过懂得各种毒辣的擒抱和挤压招式可以弥补这一点。

阿米莉亚小姐，前面提到过，身高是六英尺二英寸。马文·迈西比她矮一英寸。体重方面他们大致相同——两个人都是将近一百六十磅重。马文·迈西拥有动作敏捷、胸肌强韧的优势。事实上从外表来看他完全是胜券在握了。然而镇上几乎所有人都把赌注投给了阿米莉亚小姐，几乎没有一个人愿意把钱押在马文·迈西身上。全镇人都记得那场阿米莉亚小姐和一个想要欺骗她的岔瀑律师的大战。律师原本是个魁梧健硕的家伙，可是等她把这人料理完毕时他已经半死不活了。她让所有人折服的不仅是作为一个拳手的才华——她还会扮出吓人的鬼脸，发出凶恶的嘶吼来扰乱对手的心神，甚至连观众有时都会被吓着。她很勇敢，坚持不懈地对着她的拳击沙包练习，这件事她显然做得很对。所以人们都对她很有信心，他们等待着。当然这一战并无确定的日期，只有太过明显、无法视而不见的迹象。

这段时间里驼背招摇过市，一张挤作一团的小脸总是乐滋滋的。他用很多巧妙聪明的方法在他们之间挑拨生事。他不停地拉扯马文·迈西的裤腿引他注意自己。有时他跟着阿米莉亚小姐的脚步——但在这些日子里，那只是为了模仿她那双大长腿难看的步态。他做斗鸡眼，学她的姿势，让她显得像一个怪胎。这里面有一种可怕的意味，哪怕是咖啡馆里最愚蠢的顾客，比如墨尔利·瑞安，都笑不出来。只有马文·迈西扬起左边的嘴角轻笑几声。阿米莉亚小姐，在发生这种情况的时候，就会被两种情绪生生撕裂。她会用一种怅然、沮丧的责备目光看着驼背——随后紧咬着牙关转向马文·迈西。

“笑破你肚子！”她会狠狠地说。

而马文·迈西最有可能的做法是从他椅子旁边的地板上拿起吉他。他的声音又湿又黏，因为他嘴里总有太多的唾沫。他唱的曲子像鳗鱼一样慢慢滑出他的喉咙。他有力的手指技艺精妙地拨弄着琴弦，他吟唱的每个音都既诱惑而又惹人发怒。这通常总是超过了阿米莉亚小姐忍受的限度。

“笑破你肚子！”她会重复一句，用吼的。

但马文·迈西给她的答复永远是现成的。他会按住琴弦让颤抖的余音静下来，然后以缓慢而确定的傲慢回答。

“你咒我什么，什么就反弹到你自己身上。耶！耶！”

阿米莉亚小姐就只能站在那儿无计可施了，因为从来没人发明过一个招式能够跳出这个圈套。她不可以喊出会反弹到自己身上的谩骂。他占到了上风，她一点办法都没有。

事情就这样继续着。夜晚在楼上的房间里三个人之间发生了什么没人知道。但咖啡馆却每晚都越来越挤。必须要添一张新桌子了。甚至连多年前就住到湿地里去的隐士，那个名叫赖纳·史密斯的疯子，也对这件事有所耳闻，有天晚上还跑来朝窗户里观望，思索明亮的咖啡馆里的聚会。每晚的高潮是阿米莉亚小姐和马文·迈西紧握双拳、拉起架势、彼此怒目而视的时候。这通常不是在任何特殊的争吵之后发生的，而仿佛来得颇为神秘，随着两者之间的某种直觉而至。这样的时候咖啡馆会变得极度安静，你都能听见一束束纸玫瑰在微风中沙沙作响。每晚他们这种开战的架势都比前一晚保持得略久一点。

战斗发生在土拨鼠日[①]，也就是二月二日。天气宜人，既不下雨也没太阳，温度不冷不热。有好几个迹象表明这天就是约定的日子，到了十点钟消息传遍了全县。一大早阿米莉亚小姐就出去把她的拳击沙包割了下来。马文·迈西坐在后面的台阶上，两膝夹着一铁罐猪油，仔细地涂抹自己的胳膊和双腿。一只胸口血淋淋的老鹰在镇上飞，围着阿米莉亚小姐的房产绕了两圈。咖啡馆里的桌子都被搬到外面的后廊，整个大厅都被清空了好开打。种种迹象都出现了。阿米莉亚小姐和马文·迈西两人午饭都吃了四份半熟的烤肉，然后躺下来养精蓄锐一下午。马文·迈西在楼上的大房间休息，阿米莉亚小姐则在她办公室的长椅上摊平了全身。明摆着从她苍白僵硬的脸上就能看出，一动不动地躺着什么也不做是一种怎样的折磨，但她就像一具尸体那样躺在那里，闭着眼睛，双手交叠在胸前。

① Ground Hog Day，美国圣烛节，据说冬末土拨鼠在此日出洞。

莱蒙表哥一天都心神不定，他的小脸因兴奋而拉长紧绷着。他自己端了一份午餐，出去找土拨鼠——没过一小时他就回来了，午餐已经吃掉，还说土拨鼠看见了他的影子，接下来就是坏天气了。接着，因为阿米莉亚小姐和马文·迈西两个都在休息蓄力，只剩下了莱蒙表哥一个人，他忽然生出念头觉得不妨把前廊漆一下。这所房子已经多年没漆过了——事实上，天晓得它本来究竟有没有漆过。莱蒙表哥爬东爬西，很快就把前廊的一半地面刷成了一种鲜亮的绿色。活儿做得很差，他自己也抹得浑身都是漆。他连地板都没刷完，就转而刷墙去了，典型是他的风格，刷到他够得到的高度，然后又站到一个板条箱上面来刷高一英尺。等油漆用完，地板的右半边是亮绿色的，墙上有一段锯齿状的部分是漆过的。莱蒙表哥就此罢手。

在他对自己油漆活的满足感里有某种幼稚的成分。这方面应该把一件奇怪的事情提上几句。在镇上没有谁，哪怕是阿米莉亚小姐，搞得清楚驼背的年龄究竟有多大。有人坚持说他到镇上的时候大约是十二岁，还是个孩子——其他人则肯定他已经四十好几了。他的眼睛像孩子的一样又蓝又静，但这双蓝眼睛下面却有起皱的淡紫色阴影在暗示着年龄。从他佝偻的怪异体形上猜测他的年龄是不可能的。甚至他的牙齿也看不出什么端倪——它们都还在（有两颗因为磕山核桃而崩断了），但他已经用这么多糖果染黄了它们，没有办法断定是年老的牙齿还是年轻的牙齿。在被当面问起年龄的时候，驼背声言自己根本是一无所知——他全然不知道自己在这世上活了多久，是十年还是一百年！所以他的年龄始终是一个谜。

莱蒙表哥的油漆活是在下午五点三十完工的。天更冷了，空气中有一股潮湿的味道。风从松树林里吹来，把窗户摇得啪啪直响，吹着一张旧报纸沿路飘行，直到最后它挂在了一棵荆棘树上。人们从乡下陆续进城，汽车一辆辆都塞满了，车上密密麻麻全是小孩探出来的脑袋，拖着四轮车的老骡子似乎在用一副厌倦、苦涩的表情微笑着，半闭着疲惫的眼睛缓缓而行。三个年轻人从协会城前来。三个人都穿着黄色的人造丝衬衫，帽子朝后戴着——他们长得像三胞胎一样，在斗鸡和野营会里总能看见他们。六点钟工厂的汽笛吹响了日班的收工号,人已聚齐。自然,新来的人当中有几个地痞流氓、来路不明的角色，诸如此类——即使如此，人群依然很安静。一片沉默笼罩着全镇，人们的面孔在渐趋黯淡的光下显得有些怪异。黑暗轻轻地四下徘徊，一瞬间天空是一片透彻的淡黄色，映衬之下的教堂山墙黑黝黝、光秃秃的轮廓突显出来，随后天空便慢慢死去，黑暗聚合成为夜晚。

七是一个讨喜的数字，它是阿米莉亚小姐尤其偏爱的数字。吞七口水可治打嗝，绕贮水池跑七圈可治脖子转筋，服七帖阿米莉亚奇驱灵可治寄生虫——她的治疗几乎总是离不开这个数字。那是一个交织着诸般可能的数字，所有热爱神秘与魔法的人都对其珍视有加。因此战斗将会发生在七点钟。这是众所周知的事，无需通告或文字，大家都心知肚明且毫无疑问，就像理解下雨或者湿地里飘来的恶臭一样。所以在七点钟之前所有人都严肃地聚到了阿米莉亚小姐的房产周围。最聪明的人进到咖啡馆里面，沿着房间的墙壁挨个儿站好。其他人则拥到了前廊上，或是在院子里站定一个位子。

阿米莉亚小姐和马文·迈西还没有现身。阿米莉亚小姐在办公室的长凳上休息了一下午之后，已经上楼去了。相反，莱蒙表哥却每一刻都在你身前身后，穿行在人群之中，紧张地打着响指，眨巴着眼睛。七点还差一分钟的时候，他扭来扭去挤进了咖啡馆，爬到柜台上面。全场安静至极。

这肯定是以某种方式事先安排好的。因为就在七点钟敲响的时候阿米莉亚小姐在楼梯口现身了。同一个瞬间马文·迈西出现在咖啡馆门口，人群默默地给他让开路。两人不慌不忙地走向对方，他们的拳头都已攥紧，他们的眼睛像是梦中人的眼睛。阿米莉亚小姐已经把红裙子换成了自己的旧工装裤，裤筒都卷到了膝盖。她光着脚，一个增强力道的铁箍套在她的右手腕上。马文·迈西也卷起了裤腿——他赤裸着上身，浑身涂满了油，他穿着出狱时发给他的那双沉重的皮鞋。矮胖子迈克菲尔从人群中迈步上前，用右掌拍了拍两人的后屁股兜儿，以确保他们不会突然拔出刀来。随后便只有他们两人站在明亮的咖啡馆被清空的中央了。

没有任何信号，但两人同时出手了。两拳都正中下巴，因此阿米莉亚小姐和马文·迈西的脑袋往后一仰，都有点晕。第一击之后的几秒钟里他们仅仅在空荡荡的地板上拖移着脚步，摆出各种架势来试探，出拳尽是虚招。接着，像野猫一样，他们突然缠斗在了一起。听得到重击，喘气，地板上蹬踏的声音。他们的动作如此之快，连战况都难以看清——无非是一会儿阿米莉亚小姐被朝后一甩，踉跄中差点摔倒，一会儿是马文·迈西肩膀上挨了一下，像陀螺一样打起转来。战斗就以这种凶狠的方式继续着，哪一方都没有削弱的迹象。

在一场这样的鏖战中，对阵双方像这两人一样迅捷而勇猛的时候，不妨花费片刻离开搏斗本身的混乱，把眼光转到观众身上。人们的脊背已经尽可能地贴在墙上。矮胖子迈克菲尔在一个角落里，蜷着身子，握紧了拳头助阵，发出奇怪的声音。可怜的墨尔利·瑞安把嘴张得那么大，竟让一只苍蝇嗡嗡飞了进去，没等墨尔利意识到发生了什么事就被吞下去了。莱蒙表哥——他也够瞧的。驼背仍然站在柜台上，这样他就比咖啡馆里的其他所有人都高了。他手按在髋部，大脑袋往前伸着，细腿弯曲，因此膝盖向外突着。兴奋让他肆意地狂呼乱叫，苍白的嘴巴颤抖不止。

大概过了半小时，格斗的进程才发生了改变。双方你来我往好几百拳，依然僵持不下。这时马文·迈西突然设法抓住了阿米莉亚小姐的左臂，将它扭到她的背后。她挣扎着抱住了他的腰。真正的搏斗现在才刚开始。摔跤是本县默认的格斗方式——因为拳击速度太快，需要太多的思考和注意力。现在阿米莉亚小姐和马文扭作一团，众人从茫然中缓过神来，拥得更近了。一时间两位斗士肌肉贴着肌肉扭打着，抵住彼此的髋骨。时前时后，忽左忽右，他们就这样来回摇摆着。马文·迈西依然没有出汗，但阿米莉亚小姐的工装裤却已湿透，这么多汗水淌下她的双腿，把她湿漉漉的脚印留在了地板上。现在考验已来临，在这种拼尽全力的时刻，还是阿米莉亚小姐更强。马文·迈西涂满了油，滑不溜秋，难以抓住，可是她更强。渐渐地，她将他仰面压倒，一寸一寸地迫使他背贴到地板上。这是一个难以直视的场面，他们深沉而嘶哑的呼吸是咖啡馆里唯一的声音。最后她将他放倒在地，跨骑在他身上，她有力的大手卡住了他的喉咙。

但就在这一瞬间，胜负已分之际，咖啡馆里响起一声哭喊，令人感到一阵明晃晃的尖利颤抖直下脊椎。从那时起，这究竟怎么回事始终是一个谜。全镇人都在那里见证发生的事，但还是有人无法相信自己的双眼所见。因为莱蒙表哥所站的柜台离咖啡馆中央的斗士至少有十二英尺。然而就在阿米莉亚小姐卡住马文·迈西咽喉的那一瞬间，驼背扑上前去，在空中滑翔而过，仿佛长出了老鹰的翅膀一般。他降落在阿米莉亚小姐宽阔强壮的后背上，用他钩起的细小手指去掐她的脖子。

剩下的是一片混乱。在众人能够清醒过来之前阿米莉亚小姐就被打败了。因为驼背的缘故，格斗的赢家是马文·迈西，最终阿米莉亚小姐仰面躺在了地板上，胳膊向外摊开，一动不动。马文·迈西高高地站在边上，他的脸上有点鼻青眼肿的，但还是照旧挂着他半边嘴巴的微笑。至于驼背，他却突然消失了。也许他被自己刚做的事吓坏了，抑或是太高兴了，想要独自一人来庆贺——不知什么原因他溜出了咖啡馆，钻到店后的台阶下面去了。有人朝阿米莉亚小姐泼水，过了一会儿她慢慢地爬起来，拖着身子走进了自己的办公室。从敞开的门口，众人可以看到她坐在自己的办公桌前，脑袋拢在臂弯里，在用她的最后一点难听的呼吸，上气不接下气地抽泣着。她握起右拳在办公桌的桌面上捶了三下，然后拳头无力地打开了，掌心向上，搁在那儿动也不动。矮胖子迈克菲尔走上前把门关了。

人群很安静，人们一个一个离开了咖啡馆。骡子被叫醒、解开，汽车的摇柄转动，协会城来的三个小伙子顺着路溜达走了。这不是一场事后让人不住回想、很有说头的格斗，人们回到家去就拉起被子蒙住自己的脑袋。镇子一片黑暗，阿米莉亚小姐的房子除外，里面每个房间都亮了一夜的灯。

马文·迈西和驼背肯定是在天亮前一个小时左右离开镇子的。在他们离开之前，做了以下的事：

他们把古董秘柜的锁打开，取走了里面的所有物品。

他们砸坏了机械钢琴。

他们在咖啡桌上刻下可怕的字句。

他们找到了那块打开后盖就现出一幅瀑布图的手表，把它也拿走了。

他们把一加仑高粱糖浆倒在厨房的整个地板上，砸碎了果酱罐。

他们跑去湿地，彻底砸烂了酒坊，破坏了新的大冷凝器和冷却器，把工棚本身也点火烧了。

他们做了一道阿米莉亚小姐最喜爱的菜，玉米粉配香肠，加进了足以杀死整县人的毒药做调味，将这道菜诱人地放在咖啡馆的柜台上。

他们做了自己能想到的每件破坏性的事，实际上却并没有闯入阿米莉亚小姐待了一夜的办公室。然后他们两个就一起溜之大吉了。

阿米莉亚小姐就这样被独自留在了镇上。人们原本是会帮助她的，假如他们知道该怎么做的话，因为这个镇上的人只要一有机会就总想要做些好事。几个主妇拿着扫帚来打探，主动提议来清理残局。但阿米莉亚小姐只用迷惘的斗鸡眼看着她们，摇了摇头。矮胖子迈克菲尔在第三天来买一板奎尼烟草[①]，阿米莉亚小姐说价格是一美元。咖啡馆里每样东西的价格都已经猛涨到了一美元。那是一家什么样的咖啡馆啊？而且，作为一名医师的她也变得非常古怪了。在之前这些年里她一直比那个奇霍医生受欢迎得多。她从来没有耍弄过病人的灵魂，从他手里夺走烟酒之类真正的生活必需品。有时她会破天荒地小心告诫患者不要吃油炸西瓜，或是诸如

① Queenie Tobacco，一种压成板块状，以口嚼或放入烟斗吸食的烟草。

此类原本就从来没人想吃的菜肴。如今所有这些明智的诊疗都结束了。她直接告诉她一半的病人他们就要死了，而她给剩下一半建议的疗法又是那样不着边际而痛苦不堪，没有哪个头脑正常的人会考虑一秒钟。

阿米莉亚小姐任由自己的头发长得乱蓬蓬的，渐渐转为灰白。她的脸变长了，她身上的大块肌肉也萎缩下去直到浑身干瘦，就像老处女发了疯那样的瘦法。而那一双灰眼睛——慢慢地一天比一天对得更紧，仿佛它们在彼此寻找，要交换小小的一瞥以确认那份悲伤与孤寂似的。她说起话来也不好听，她的口舌尖利得可怕。

无论谁提到驼背，她会说的只有这一句："嚯！要是能抓到他的话我会把他的心肝掏出来扔给猫吃！"不过可怕的并不是这些话，而是把它们说出来的声音。她的嗓音已经失去了它旧日的生气，里面丝毫没有了她以往提到"跟我结婚的那个修织布机的"或者别的哪个对头时那种恶狠狠的腔调。她的嗓音嘶哑而又微弱，凄凉得好像教堂簧风琴一喘一抽的哀鸣。

三年来她每天晚上都坐在前面的台阶上，独自一人不发一声，望着那条路，等待着。但是驼背再没有回来过。谣传马文·迈西派他去爬窗户偷东西，也有谣言说马文·迈西把他卖给了一个杂耍戏班。但这两个传闻追查回去源头都是墨尔利·瑞安。始终没听到过任何关于他的真实消息。在第四年，阿米莉亚小姐雇了一个奇霍的木匠，让他把房子用木板封起来，自此以后，她就一直待在这些幽闭的房间里了。

是的，镇子是挺沉闷的。八月的下午路是空的，白白的，满是尘土，上方的天空亮得像玻璃。什么东西都不动——没有孩子的声音，只有工厂的嗡鸣。桃树似乎每个夏天都长得更歪，叶子是暗灰色，现出一种病态的纤柔。阿米莉亚小姐的房子向右倾斜得那么厉害，完全倒掉只是一个时间问题了，人们都小心地不在院子边上走。镇上没有好酒可买，最近的酒坊有八英里远，喝了那种烈酒的人会在肝上长出花生大小的疣，并在梦中进入一个危险的内心世界。在这个镇上根本就无事可做。绕着贮水池兜兜圈子，站在那儿踢踢朽烂的树桩，琢磨一下你能拿教堂附近路边的旧马车轮子干什么吧。灵魂因无聊而腐烂。你还不如步行到岔瀑公路去听铁链帮唱歌呢。

十二个凡人

岔瀑公路距小镇三英里，铁链帮一直在这里干活。路是碎石铺的，县里决定把高低不平的地方修补好，拓宽某个危险的地方。这帮人一共十二个，全都穿着黑白条纹的囚服，铁链锁在脚踝上。有一个警卫，带着把枪，他的两眼被眩光拉成了通红的窄缝。这帮人整天都在干活，天刚亮就蜷缩在监狱的马车里到场，又在八月的灰暗暮色里被再次送走。一整天都是铁锹砸进黏土的声音、毒日头、汗臭味。倒是天天都有音乐。一个阴沉的声音会开启一个短句，半哼半唱，像是一个提问。过了一阵另一个声音会加入进来，很快整帮人就都唱起来了。那些嗓音在金色的眩光下颇为阴沉，音乐是杂乱无章地混合起来的，既忧郁又欢乐。音乐会膨胀起来，直到最后仿佛那声音不是出自这一帮的十二个人，而是出自土地本身，或是辽阔的天空。是音乐令心变得宽广，让听者因迷醉与恐惧而浑身发冷。然后慢慢地，音乐会沉落下去，直到最后只留下一个孤独的声音，然后是一记长长的嘶哑喘息，日头，寂静中铁锹的声音。

这是怎样的一帮人啊，能产出这样的音乐？不过是十二个凡人，其中七个是黑人，五个是本县的白人小伙。不过是聚在一起的十二个凡人。

神童[1]

她走进客厅，她的乐谱挎包噗噗拍打着她套着长筒冬袜的腿，另一只胳膊被压在课本下面，站了一会儿，听琴房里传来的声音。一连串轻柔的钢琴和弦与小提琴的调音。这时毕尔德巴赫先生用他粗重的喉音对她喊道：

“是你吗，比安岑？”

在她急忙摘下手套的时候，她看见自己的手指正依着她当天早晨练习过的赋格动作在抽搐。“是，”她回答，“是吾。”

“应该说‘我’，”那声音纠正道，“等会儿。”

她能听到拉弗科维茨先生在说话——他的言语以一阵丝绸般、不知所云的嗡鸣绵延而出。她心想，跟毕尔德巴赫先生的相比，这是一副几乎像是女人的嗓音。烦躁分散了她的

①原文为 Wunderkind，德语“神童”。

注意力。她乱翻了一下自己的几何书和《佩里琼先生游记》[1]，然后把它们放在桌上。她在沙发上坐下，伸手从挎包里把乐谱拿出来。又一次她看到了自己的手——颤抖的肌腱从指关节上延伸下来，酸痛的指尖上面盖着卷曲、肮脏的绷带。这画面加剧了过去几个月里早就开始折磨她的恐惧。

她不出声地向自己咕哝了几句鼓励的话。一堂很好的课——一堂很好的课——像平常一样——她的嘴唇闭上了，因为她听见毕尔德巴赫先生坚硬的脚步声横穿过琴房的地板，门吱嘎一声滑开。

一时间她产生了那种奇怪的感觉，就是在她活过的十五年的多半时间里她都是在望着门背后伸出来的那张脸、那副肩膀，在一片仅仅被一根小提琴弦哑然、空洞的弹拨所打扰的寂静之中。毕尔德巴赫先生。她的老师，毕尔德巴赫先生。角质框眼镜后面锐利的眼；轻而薄的头发和下面窄窄的面孔；饱满而松弛的双唇闭合，下面那一瓣被他的牙齿咬得粉红发亮；太阳穴上分叉的血管明显地抽动着，从房间另一头都能注意到。

“你是不是来早了一点？”他问道，瞥视着壁炉上指着

① 原文为 *Le Voyage de Monsieur Perichon*，法国戏剧家拉比什（Eugéne Labiche，1815—1888）和马丁（Édouard Martin，1825—1866）合著的喜剧剧本。

十二点五分已经一个月的时钟。“约瑟夫在这里。我们正在练习他知道的某人的一支小奏鸣曲。”

“好，”她说，试图微笑一下，“我听吧。”她都可以看到自己的手指无力地沉落到一片钢琴键的朦胧之中了。她感觉很累——感觉如果他看她再久一些她的手就会发抖了。

他站着犹豫不决，在房间中央。他的牙齿狠狠地压在他发亮、肿胀的嘴唇上。“饿吗，比安岑？”他问道，“这儿有些安娜做的苹果蛋糕，还有牛奶。”

“我过会儿吃吧，”她说，“谢谢。”

“在你上完一堂极好的课之后——嗯？”他的微笑似乎坍缩在嘴角。

有一个声音从他身后的琴房里传来，拉弗科维茨先生推开房门的另一扇门板，站到他边上。

“弗朗西斯？”他说道，面露微笑，“现在练得怎么样了？”

无意间，拉弗科维茨先生总是让她感觉自己很笨拙，长得太大。他本人是这么矮小的一个男人，不拿小提琴的时候一副疲惫的模样。他的眉毛在灰黄色的犹太面孔上高高地弯曲着，仿佛在问一个问题，但他的眼睑却昏昏然，无神而又冷漠。今天他显得有点心不在焉。她看着他走进房间而无明显的目的，他静止的手指捏着尾端镶嵌珍珠的琴弓，将白色的马尾慢慢拂过一块石灰白的松香。他的双眼今天是两道锐利明亮的窄缝，从他的衣领上流畅垂落的亚麻手帕加深了其下的暗影。

“我猜想你现在练得很好了吧。”拉弗科维茨先生微笑道，尽管她尚未回答这个问题。

她望着毕尔德巴赫先生。他转过身去。他厚实的肩膀将门完全推开，这样傍晚的太阳便透过琴房的窗口照了进来，将黄光投在灰尘堆积的客厅里。在她老师身后她可以看到又矮又长的钢琴、窗子和勃拉姆斯的胸像。

“不，”她对拉弗科维茨先生说，“我练得很差。”她瘦瘦的手指翻着她乐谱的页面。“我不知道是怎么回事。”她说，望了望肃立倾听的毕尔德巴赫先生弓着的强壮背影。

拉弗科维茨先生笑了。“有些时候，我想，当一个人——”

一阵刺耳的和弦从钢琴中响起。“你不觉得我们把这段奏完比较好吗？”毕尔德巴赫先生问道。

“马上。”拉弗科维茨先生说，又刮了一下琴弓便抬步走向房门。她可以看见他从钢琴顶上拿起他的小提琴。他看着她的眼睛并将乐器放低。“你见过海墨的照片了？”

她的手指紧紧扭住挎包的尖角。“什么照片？”

“那边桌上的《音乐快报》[1]里有一张海墨的照片。封面里面。”

小奏鸣曲开始了。不协调但多少还算简单。空洞但自有其明快风格。她伸手拿过杂志翻开来。

海墨就在那里——在左上角。拿着他的小提琴，手指朝下钩住琴弦作一记拨奏。他的深色哔叽灯笼裤在膝盖下面绑得很整齐，一件毛线衫，衣领卷起。这是一张很糟糕的照片。尽管拍的是侧面，他的两眼却转过来向着摄影师，手指看上去就好像会拨错琴弦一样。他似乎有点难受，要别过身来朝向拍照设备。他瘦了——肚子这回没有鼓出来——不过他六个月里没怎么变样。

海墨·以色莱尔斯基，年轻的天才小提琴家，在他老师位于河滨大道的琴房中练习时拍摄。年轻的大师以色莱尔斯基，即将迎来自己的十五岁生日，已获邀与她共奏贝多芬协奏曲。

那天早上，在她从六点一直练到八点之后，父亲让她坐到桌前与家人共进早餐。她讨厌早餐，餐后她总有一种恶心的感觉。她宁愿等着用她的二十美分午饭钱买四根巧克力棒，在上课的时候把它们嚼完——从口袋里掰一点点在

① *Musical Courier*，19—20 世纪的美国音乐杂志。

她手帕的遮挡下拿起来，银箔纸窸窸窣窣响起时就当场停住不动。但今天早上父亲已经把一个煎鸡蛋放在了她的盘子里，她早知道如果它破了——这样黏糊糊的蛋黄就会漏到蛋白上面——她应该会哭的吧。而这已经发生过了。同样的感觉现在又降临在她身上。她小心翼翼地把杂志放回到桌上，闭上眼睛。

琴房里的音乐似乎正在猛烈而又笨拙地催促着某样不应该有的东西。片刻过后她的思绪从海墨和协奏曲以及照片之中抽了回来——重又围绕着这堂课转了起来。她在沙发上挪来挪去，直到能够把琴房看清为止——那两个人演奏着，紧盯着钢琴上的乐谱，贪婪地掏尽上面所有的东西。

她无法忘记毕尔德巴赫先生片刻之前凝视着她的那张脸。她的双手，依然照着赋格的动作不自觉地抽搐着，盖住了她骨瘦如柴的膝盖。累了，她累了。并有一种旋转的、沉沦的感觉，就像在练习过度的夜晚，时常在她倒头入睡之前的一刹那降临到她身上的那种。就像那些疲惫的半梦半醒状态一样，嗡嗡而来，将她载入它们自身的回旋空间。

一个*神童*——一个*神童*，一个*神童*。那些音节会以深沉的日耳曼式翻滚而出，对着她的耳朵咆哮，继而降为一声咕哝。连同旋转的、在畸变中膨胀的、缩成苍白污点的面孔——毕尔德巴赫先生、毕尔德巴赫夫人、海墨、拉弗科维茨先生。围成一圈盘绕着以喉音发出的*神童*转了又转。毕尔德巴赫先生在圈子的中心赫然显现，他的脸催迫着——连同他周围的其他人。

乐句疯狂地起伏着。她一直在练习的音符彼此间碰来撞去，像一把弹珠被洒落到楼下。巴赫、德彪西、普罗柯菲耶夫、勃拉姆斯——节奏怪诞地对应着她疲惫之身的颤动和那嗡嗡作响的圈子。

有时——在她练习没有超过三个小时或是留在家里不去高中的时候——梦就不那么迷乱了。音乐在她的头脑中清晰而迅疾地飞翔，精确的小小记忆就会回来了——清晰得就像他们的合奏会结束后海墨给她的那张娘娘腔的“纯真年代”照片一样。

一个*神童*—— 一个*神童*。毕尔德巴赫先生就是这么称呼她的，在她十二岁，跟他初次见面的时候。大一些的学生早就重复过这个词了。

并不是说他曾经对她讲过这个词。“比安岑——”（她有一个平常的美国名字，但他从来不用，除非是在她犯了大错的时候。）“比安岑，”他会这么说，“我知道这一定很难受的。到哪儿都扛着一颗这么笨的脑袋。可怜的比安岑——”

毕尔德巴赫先生的父亲是个荷兰小提琴家。他母亲是布拉格人。他出生在这个国家，青年时期是在德国度过的。有那么多次她希望自己不是恰好在辛辛那提出生和长大的。在德语里你怎么说“奶酪”？毕尔德巴赫先生，荷兰语怎么说“我不明白你的意思”？

第一天她来到琴房。随后她凭记忆演奏了整首《第二号匈牙利狂想曲》。房间随暮色灰暗下来。他的脸从钢琴之上俯下来。

“现在我们从头开始，”他第一天就那么说了，“这个——演奏音乐——要的不只是聪明。如果一个十二岁小姑娘的手指一秒弹过这么多琴键——这毫无意义。”

他用粗短的手拍了拍自己宽阔的胸口和前额。“这里跟这里。你够大了，应该理解这个了。”他点上一支烟，把呼出的第一口烟轻轻地吹在她头顶上方。“练习——练习——练习——我们现在要从这些巴赫的创意曲和这些舒曼的小曲开始。”他的手又动起来了——这一次是猛拉一下她身后的灯绳，指指乐谱。“我要告诉你我希望这个应该怎么练。现在仔细听着。”

她在钢琴前面已坐了近三个小时，累极了。他低沉的嗓音听起来好像已经在她体内游荡了很长一段时间。她想伸手去碰他指出乐句、肌肉曲折的手指，想要触摸那枚闪亮的金戒指和他毛发浓重的手背。

她的课在星期二放学后和星期六下午。她经常会留下，在星期六的课程结束的时候，来吃晚饭，然后过一夜到第二天早晨再乘有轨电车回家。毕尔德巴赫太太很喜欢她，用她静静的、几乎是傻傻的方式。她跟她的丈夫大不一样。她不出声，又胖又迟钝。除了在厨房里烹饪他们两人都爱吃的丰盛菜肴以外，她所有的时间似乎都花在他们楼上的床上，看杂志或者就是这样半笑不笑地望着虚空。他们在德国结婚的时候她曾是一名艺术歌曲[1]歌手。她不再唱了（她说是嗓子的原因）。有时他会把她从厨房里叫来听听某个学生，她总会笑着说，gut[2]，非常gut。

弗朗西斯十三岁时的一天得知毕尔德巴赫夫妇没有孩子。这似乎有点奇怪。有一回她已经跟毕尔德巴赫太太回到厨房去了，这时毕尔德巴赫先生迈步从琴房走过来，因为某个学生惹恼了他而怒气冲冲。他的妻子站在那搅拌着羹汤，直到他上下乱摸的手停歇在她的肩上。然后她转过身——伫然而立——这时他的胳膊笼住了她，他尖尖的脸埋在她白白的、木然的脖颈肉之中。他们就这样站着一动不动。随后他

①原文为德语Lieder，尤指给德语诗歌配上古典音乐的歌曲。
②德语“好”。

的脸猛然扯了回来，愤怒消减为默默的面无表情，便又回到了琴房。

在她开始师从毕尔德巴赫先生而没有时间见到高中的任何人之后，海墨是她唯一的同龄朋友。他是拉弗科维茨先生的学生，会在晚上跟他一起来毕尔德巴赫先生家，那时候她会在那里。他们会听他们的老师演奏。他们自己也常常一起练习室内乐——莫扎特的奏鸣曲或布洛赫[①]。

一个*神童*——一个*神童*。

海墨是一个*神童*。他跟她，那时候都是。

海墨从四岁起就在拉小提琴了。他不必去上学，拉弗科维茨先生的哥哥，是个跛脚，一直在下午教他几何学、欧洲历史和法语动词。他十三岁时就拥有了不逊于辛辛那提任何小提琴手的精湛技艺——人人都这么说。但拉小提琴肯定比钢琴容易。她知道肯定是这样的。

海墨身上似乎总是有灯芯绒裤子和他的吃食，还有松香的味道。而且，一半时间里他两只手的关节周围都很脏，而他衬衫的袖口则从他外套的袖子里黑乎乎地露出来。在他演奏时她总是看着他的手——只有关节处是瘦的，硬硬的小肉团鼓起在剪短的指甲上，还有婴儿状的肉皱纹，那么明显地

①埃内斯特·布洛赫（Ernest Bloch，1880—1959），瑞士裔美国作曲家。

呈现在他弯曲的手腕上。

在梦中，像她醒的时候一样，对于演奏会她只记得一团朦胧。她始终不知道它对她来说是不成功的，直到几个月之后。确实，报纸对海墨的赞扬比她多一些。但他比她要矮得多。他们一起站在舞台上的时候他只到她肩膀这里。而这就在人们的心目中造成了一种不同，她知道。另外，他们一起演奏的奏鸣曲也是一个原因。布洛赫。

“不，不——我认为这不是太恰当。”当有人提议用布洛赫来结束表演的时候，毕尔德巴赫先生曾经说过。“已经有约翰·鲍威尔[①]的作品——《弗吉尼亚奏鸣曲》。”

她当时不理解；她像拉弗科维茨先生和海墨一样热切希望是布洛赫。

毕尔德巴赫先生让步了。后来，评论里说她缺乏那一类音乐的气质以后，在他们称她的演奏薄弱而缺少感觉之后，她觉得自己受骗了。

“那种乌伊乌伊的玩意儿，”毕尔德巴赫先生说，对着她哗啦哗啦翻着报纸，“不适合你，比安岑。把这留给那些海墨、奇才跟天空吧。”

一个*神童*。不管报纸怎么说，他以前是这么称呼她的。

---

①约翰·鲍威尔（John Powell，1882—1963），美国作曲家、钢琴家。

为什么海墨在演奏会上表现得比她好这么多？有时在学校里，在她应该看着某人在黑板上做一道几何题的时候，这个问题会在她体内像刀一样翻搅。她会在床上担忧这个，甚至有时在她应该专注于钢琴的时候也在想。不仅仅是因为布洛赫以及她不是犹太人——完全不是。也不是因为海墨不必去上学而且这么小就开始练琴。而是——

她曾经以为自己知道。

“弹幻想曲和赋格。”毕尔德巴赫先生曾在一年前的一天傍晚如此要求——在他和拉弗科维茨先生一起读完某篇乐谱以后。

那首巴赫，在她演奏时，自觉弹得很好。她从眼角可以看到毕尔德巴赫先生脸上安详、愉悦的表情，看到他的双手从椅子扶手上高潮一般扬起，然后落下来，松弛而满足，在乐句的高点已然顺利经过之时。结束后她从钢琴前站起，吞一口气以便松开仿佛是音乐套在她咽喉和胸口的箍带。但是——

“弗朗西斯——”拉弗科维茨先生这时说话了，猝不及防，看她的时候他薄薄的嘴唇弯曲着，他的双眼几乎被它们精致的眼睑盖没了。“你知道巴赫有几个孩子吗？”

她向他转过身，莫名其妙。“好多吧。有二十几个。”

“那就对了——”他微笑的嘴角将自身轻轻地蚀刻在他苍白的脸上。“他是不可能那么冰冷的——那么说来。”

毕尔德巴赫先生不高兴了；他喉咙里咕哝的德语词汇透露着些许孩子气[①]。拉弗科维茨先生扬起眉毛。她很轻松就抓住了重点，但她根本不觉得让自己的脸保持茫然和幼稚有什么欺骗成分，因为毕尔德巴赫先生希望她看上去就是这个样子。

然而这类事情与此无关。没有很大关系，至少是，因为她会长大的。毕尔德巴赫先生理解这一点，甚至拉弗科维茨先生也并不是想表达他嘴里说的意思。

在梦里，毕尔德巴赫先生的脸若隐若现，收缩到旋转的中心。嘴唇轻声催促，他太阳穴上的血脉在不断跳动。

但有时，在她入睡之前，也有过这样清晰的回忆。比如那时候，她把自己袜跟的一个小洞往下拉，好让自己的鞋子把它藏起来。“比安岑，比安岑！”毕尔德巴赫先生叫着，然后拿过太太的针线筐，告诉她应该怎样把它补好而不是团在一起变成鼓鼓囊囊的一堆。

还有就是她初中毕业的时候。

“你穿的什么？”星期天清晨吃早餐时毕尔德巴赫太太

①孩子气一词原文为德语 Kind。

问道，当时她在跟他们讲他们是怎样练习走进大音乐厅的。

“我表姐去年穿的晚礼服。”

“啊——比安岑！”他说，用他重重的双手环笼住温热的咖啡杯，抬头看着她，他笑眯眯的双眼周围满是皱纹，“我打赌知道比安岑想要什么——”

他固执己见。在她解释说自己确实一点也不在乎时，他是不会相信的。

“就像这样，安娜。”他说，把他的餐巾推到桌子对面，迈小步走到房间的另一头，甩着他的双臂，两只眼睛在他的角质框眼镜后面朝上翻着。

下一个星期六下午，课后，他带她到市中心的百货公司。他的粗手指轻摩着女售货员从布卷上拉开的薄透网眼织物和沙沙作响的塔夫绸。他把各种颜色凑到她的脸前，脑袋歪向一边，然后选了粉色。鞋子，他也记着。他最喜欢一款白色的儿童高跟鞋。她看它们似乎有点像是老太太的鞋子，而且脚背上的红十字标签貌似有点慈善的意思。不过这其实根本是无所谓的。当毕尔德巴赫太太把裙子裁开来用别针来给她量身改制的时候，他停下在上的课站在旁边，并建议臀部和脖颈用褶边围住，肩膀上加一枚精巧的花结。那时候音乐课进展很好。裙子和毕业式之类的无关紧要。

除了要把音乐演奏得像它应该被演奏的样子，拿出她必定拥有的水准，其他的都不重要，练习，练习，演奏下去好让毕尔德巴赫先生的脸上少些鞭策的神情。把迈拉·赫斯、耶胡迪·梅纽因甚至海墨演奏中的感觉放到她的音乐中！

是什么事情在四个月前就已经开始发生在她身上？音符开始以一种油滑、死去的调子涌现出来。青春期，她想着。有些孩子的演奏很有前途——练了又练，直到，像她一样，最微不足道的小问题都会把他们惹哭，因为努力呈现这样东西而筋疲力尽——他们感觉渴望的东西——某种怪异的事情开始出现了——但她不会的！她就像海墨一样。她必须这样。她——

那种东西一度肯定是有的。那种东西是丢不掉的。一个*神童*……一个*神童*……他是这么说她的，用确定的、德语的方式重复着这个词。而在梦里甚至比任何时候都更深，更肯定。伴着他朝她浮现出来的脸，随变焦而混入的渴望的乐句，旋转，转，转——一个*神童*。一个*神童*……

今天下午毕尔德巴赫先生没有像往常那样把拉弗科维茨先生送到前门。他留在钢琴前，轻轻按出一个孤寂的音符。弗朗西斯一边倾听，一边看着小提琴老师将围巾缠绕在自己苍白的脖子上。

“一张海墨的好照片，”她说，拣起自己的乐谱，“我几个月前收到过他的一封信——讲的是听施纳贝尔和胡贝尔曼，还有卡内基音乐厅[①]和在俄罗斯茶室[②]里吃的东西。”

为了拖晚一点进入琴房，她一直等到拉弗科维茨先生准备离开的时候，在他开门时站到他的身后。外面结霜的寒气刺入室内。天色越来越晚了，空气中渗满了冬季入暮的苍黄之色。门绕着它的铰链摆动关合，房子显得比她以往知道的任何时候都更加阴暗与寂静。

她走进琴房的时候，毕尔德巴赫先生从钢琴边站起身，默默地看着她坐定在琴键之前。

“嗯，比安岑，”他说，“今天下午我们要从头起步。从零开始。忘掉过去这几个月吧。”

他看上去就好像是要在一部电影里演个角色一样。他结实的躯体从脚尖摇摆到脚跟，搓着双手，连微笑都是一副心满意足的电影的式样。随后突然间他就把这副做派粗暴地甩到一边去了。他垂下厚重的肩膀，翻看起了她带来的那一摞乐谱。“巴赫——不，还不行，”他咕哝着，“贝多芬？行，变奏曲。作品二十六号。”

---

① Carnegie Hall，位于美国纽约曼哈顿中城。

② The Russian Tea Room，位于卡内基音乐厅附近。

钢琴的键音将她围拢——僵硬而又苍白，像死了一样。

“等一下。”他说。他站在钢琴琴身的弧线部位，撑起手肘，看着她。“今天我对你有所期望。现在这支奏鸣曲——这是你练习过的第一支贝多芬奏鸣曲。每一个音符都在掌控之下——从技术上说——除了音乐你什么也不用处理。现在只有音乐。这是你要思考的全部。”

他哗哗地翻着她的卷页，最后找到了那个地方。然后他把他的教椅拉过半个房间，把它转个方向，坐了下来，两腿跨坐在椅背两侧。

因为某种缘故，她知道，以往他的这种姿势对她的表现通常都产生了一种良好的影响。但今天她感觉自己会从眼角留意他而受到干扰。他的背部僵硬地倾斜着，他的两腿看上去绷得很紧。他前面那一大摞乐谱似乎在椅背上维持着一种危险的平衡状态。“现在我们开始吧。”他说道，两眼朝她的方向射来一支命令式的飞镖。

她的双手在琴键上转了一圈，然后落下。第一个音符太响了，其他的乐句干巴巴地随之而来。

他的手惹人注目地从乐谱上举起。“等等！花一分钟想想你演奏的是什么。这个开头是如何标注的？”

“行——行板。”

“正确。那就不要把它拖成一段柔板。要深深地弹到琴键里面去。别像那样浅浅地拽着它走。一段优雅的、调子深沉的行板——”

她又试了一次。她的手与她心中的音乐仿佛是割裂的。

“听着，”他打断道，“在这些变奏中是哪一段主导着整体？”

“哀歌。”她回答。

“那就要为它做准备。这是一段行板——但不是你刚才弹的沙龙调子。轻轻地开始，钢琴，让它涌起来，就在琶音之前。要让它温暖而戏剧化。而在这儿——在标注柔美的地方要让副旋律唱出来。你全都知道。这一块我们之前全都练过的。现在把它弹出来。像贝多芬写的那样来感受它。感受那悲剧和节制。”

她禁不住去看他的手。它们似乎在乐谱上暂歇着，只要她一开始，它们随时可以起飞打出一个中止的信号，他的戒指闪亮的眩光让她停下。“毕尔德巴赫先生——或许我——如果您让我一直不停地弹完第一个变奏的话或许我可以做得更好。”

“我不会打断的。”他说。

她苍白的脸倾得太靠近琴键了。她弹过了第一节，并且，服从他的一记点头，开始了第二节。没有什么瑕疵让她生烦，但在她把感受到的意义注入乐句之前，乐句就从她的指间形成了。

等她弹完了，他从乐谱中抬起头来，呆滞地开口说道："我几乎听不见右手这里的泛音补充。顺便说一句，这部分应该呈现强度，将理应是第一节内在伏笔的发展。继续下一段吧，还是。"

她想以抑制的恶意开始，再推进到一种深沉、浮夸的悲伤。她的头脑告诉她这样做。但她的手似乎粘在琴键之中了，像软塌塌的通心粉一样，她想象不到那音乐应该是什么样的。

当最后一个音符停止了振动，他合上了书，不慌不忙地从座椅上站了起来。他正在把自己的下颚从一边移到另一边——从他开启的嘴唇里她可以窥见通向咽喉的粉色健康通道和他有力的、被烟熏黄的牙齿。他把贝多芬的乐谱小心翼翼地放在她其余的乐谱上，又一次把手肘撑在光滑的黑色钢琴顶盖上。"不。"他简短地说，看着她。

她的嘴角开始颤抖。"我没办法。我——"

突然间他把自己的嘴唇扯成了一副微笑。"听着，比安岑，"他开始以一种新的、勉强的声音开口道，"你还在弹《和谐的铁匠》[1]吧，对吗？我说过不要把它移出你的曲目。”

“是的，”她说，“我时不时会练习它的。”

他的嗓音是他用在儿童身上的那种。“我们最早一起练习的东西里就有它——记住。你以前把它弹得这么有力——像是一个真的铁匠的女儿。你看，比安岑，我这么了解你——好像你是我的亲生女儿一样。我知道你有什么——我听到过你把那么多曲子弹得美妙至极。你以前——”

他在困惑中停下来，从他稀烂的烟头里深吸。烟昏昏然飘出他粉色的嘴唇，呈一团灰雾萦绕着她平直的头发和幼稚的额头。

“要让它快乐又简单。”他说，拉开她身后的灯，从钢琴边迈步走了回去。

有那么一会儿，他就站在灯光照出的明亮圆圈里。这时他心血来潮地俯身蹲在地上。“要激昂。”他说。

她禁不住朝他望去，他坐在一个脚跟上，另一只脚正搭在前面以保持平衡，强壮大腿的肌肉在他裤子的布面下拉得紧紧的，他的背部挺直，他的手肘坚定地撑着膝盖。“就

① *The Harmonious Blacksmith*，古钢琴曲，德国作曲家亨德尔（George Frideric Handel，1685—1759）所作羽管键琴 E 大调第五组曲第四乐章《咏叹调与变奏》的俗称。

是现在。”他用自己肉鼓鼓的手打了个手势重复道。“想想铁匠——整天在阳光下干活。轻松而不受干扰地干着活。”

她都没法低头看钢琴了。灯光照亮了他伸开的手背上的汗毛，令他眼镜的镜片闪烁。

“全部，”他催促道，“现在！”

她感觉自己骨头里的髓是空的，她的身上滴血不剩。整个下午她那颗一直狂跳着顶住她胸口的心感觉突然死去了。她看到它灰暗而颓丧，像只牡蛎一样皱缩在边缘。

他的脸似乎在她面前的空中猛跳，随着他太阳穴上血脉的悸动而靠近过来。畏缩中，她低头看着钢琴。她的嘴唇像果冻般震颤，一汪无声的眼泪让白色的琴键在一道水线中模糊了。“我做不到，”她低声说，“我不知道为什么，但我就是做不到——再也做不到了。”

他绷紧的身体一下泄了劲，把自己的手挪到身侧，他站起身来。她抓起自己的乐谱急步走过他身边。

她的外套。手套和雨鞋。课本和她生日那天他送给她的挎包。全部被带出那个属于她的寂静房间。快——在他想要开口之前。

穿过前厅的时候她忍不住望了望他的手——从他倚靠在琴房门口的身上往外伸着，松弛而无目的。门紧紧地关上了。拖着她的书和挎包，她跌跌撞撞走下石阶，转错了方向，沿着早已被噪声、自行车和其他孩子的游戏搞乱的马路疾行而去。

骑师

骑师来到餐厅门口，片刻之后就移步到一边站定不动，背靠着墙。大厅很拥挤，因为这是本赛季的第三天，镇上所有的酒店都住满了。餐厅里八月的玫瑰花束将它们的花瓣散落在白色餐布上，从毗邻的酒吧传来一阵温暖、沉醉之声。骑师背靠着墙等待着，用憔悴、多皱的双眼审视着大厅。他查看着大厅，直到最后他的目光落在斜对面一角的一张桌子上，三个男人坐在那里。在看的时候，骑师抬起下巴，脑袋后仰到一边，他矮小的身体僵硬起来，他的双手绷直，让手指朝内卷曲，像灰色的爪子一样。紧贴着餐厅的墙，他就这样观望和等待着。

那天傍晚他穿着一件中国丝绸的绿衣，剪裁得很精确，是一件孩子穿的戏服套装的尺寸。衬衫是黄色的，领带上有淡色条纹。他没戴帽子，头发梳下来在前额成为一道僵僵的、湿湿的刘海。他的脸萎靡，不显老，灰灰的。他的太阳穴有几处阴暗的凹陷，他的嘴上总挂着一副精干的笑容。过了一阵儿，他意识到他一直观望的三个男人中的一个已经看到了他。但骑师没有点头，只是将下巴抬得更高了点，勾起他外套口袋里紧攥着的手的拇指。

角落那张桌前的三个人一个是驯马师，一个是赌注登记员，一个是有钱人。驯马师是西尔维斯特——一个块头挺大、体格松垮的家伙，长着个酒糟鼻子，有两只迟钝的蓝眼睛。赌注登记员是西蒙斯。有钱人是一匹名叫塞尔泽的马的所有者，骑师那天下午骑的就是这匹。他们三个人喝的是威士忌加苏打，一个白上衣的侍者刚上了晚餐的主菜。

第一眼看到骑师的是西尔维斯特。他迅速移开了视线，放下他的威士忌酒杯，紧张地用拇指捣了一下自己的红鼻子尖。“是毕齐·巴洛，”他说，“站在大厅对过。正在看着我们呢。”

“哦，那个骑师。”有钱人说。他的脸朝着墙，半转过头来看身后。“请他过来。”

“天啊不要。”西尔维斯特说。

“他是疯子。”西蒙斯说。赌注登记员的声音很平淡，没有起伏。他长着一张天生赌徒的脸，经过细心调整，表情是一场介于恐惧与贪婪之间的永久死局。

“呃，我不会这么形容他，”西尔维斯特说，“我认识他很久了。他直到差不多六个月之前都还不错。不过他继续这样下去的话，我看他接下来挺不过一年。肯定不行的。”

“是迈阿密那件事。”西蒙斯说。

“什么事？”有钱人问道。

西尔维斯特瞥了一眼大厅那头的骑师，用他又红又肥的舌头舔了舔嘴角。“一个意外。一个小子在赛道上受伤了。断了一条腿和一边的髋部。他是毕齐一个很要好的哥们儿。一个爱尔兰小子。也是个不差的骑手。”

“真可惜。”有钱人说道。

“是啊。他们是很要好的朋友，”西尔维斯特说，“你总能看到他在毕齐的酒店客房里。他们不是在打拉米牌①就是躺在地板上一起读体育版。”

“呃，这种事情总会发生的。”有钱人说。

西蒙斯切着他的牛排。他在盘子上把叉子尖向下举着，用自己的刀刃把蘑菇仔细地堆起来。“他是疯子，”他又说了一遍，“让我瘆得慌。”

---

① Rummy，一种简单的牌戏。

餐厅里所有桌子都坐满了。中间的宴会桌有一个派对，绿白相间的八月飞蛾已经找到了夜间进场的路，围着清晰的烛焰扇着翅膀。两个穿法兰绒便裤和宽松上衣的女孩手挽着手穿过大厅走进了酒吧。从外面的主街上传来假日歇斯底里的回响。

“他们宣称八月的萨拉托加是世界上人均最富有的镇子。”西尔维斯特转头对有钱人说。“你怎么看？”

“我不清楚，”有钱人说，“很有可能是这样的吧。”

西蒙斯颇为文雅地用食指的指尖擦了擦自己油腻的嘴巴。“好莱坞呢？还有华尔街——”

“等等，”西尔维斯特说，“他决定过来了。”

骑师已经离开了墙壁，正走近角落的那张桌子。他走的是一种很古板的正步，每一步都把腿甩出一个半圈，他的脚跟利索地啃进地板上的红色天鹅绒地毯。过来的路上他蹭到了宴会桌边一个穿白色缎子的胖女人的手肘，他退后，并以花花公子式的礼貌鞠了一躬，两眼完全闭着。穿过了大厅，他拉过一把椅子，坐到桌子的一角，在西尔维斯特和有钱人之间，没有颔首致意，他凝固的灰脸也毫无变化。

“吃过晚饭了？”西尔维斯特问。

“有的人或许觉得那样就叫吃过了。”骑师的声音响亮，尖刻，清晰。

西尔维斯特放下刀叉，仔细地搁在盘子上。有钱人改变了一下坐姿，在椅子上侧转过来，交叠起双腿。他穿着斜纹骑马裤、没上光的靴子和一件破旧的棕色夹克——这是他在赛马季日夜不改的打扮，尽管从来没见他骑过马。西蒙斯继续吃着他的晚餐。

“要来点苏打水吗？”西尔维斯特问，“或是类似的东西？”

骑师没有回答。他从口袋里抽出一个金烟盒，啪的一声打开。里面是几支烟和一把微型的金折刀。他用刀把一支烟切成两半。点起了烟,他举手对桌边经过的一个服务生说:“肯塔基波本，劳驾。”

“现在，听着，小子。”西尔维斯特说。

“别叫我小子。”

“要讲理。你知道你做事一定要讲理。”

骑师扯起左边的嘴角现出一个僵硬的讥嘲表情。他的眼睛落到桌上摊开的食物上，但立刻又抬起了视线。有钱人面前是一盘焗鱼，以奶油沙司烘焙并佐以欧芹。西尔维斯特点的是班尼迪克蛋。有芦笋、新鲜的黄油煎玉米和一盘湿黑橄榄作为配菜。一碟法式炸薯条放在骑师面前那个桌角上。他不再看食物了，却将他憔悴的双眼凝注在盛开的淡紫色玫瑰的中间那朵上。“我想你不会记得某个名叫麦圭尔的人吧。”他说。

“现在，听着。”西尔维斯特说。

服务员送来了威士忌，骑师坐着用他那双有力、起茧的小手抚弄着杯子。他的手腕上是一条金手链，靠着桌边叮叮作响。把杯子在手掌间转了几圈之后，骑师突然狂吞两口把威士忌喝了个干净。他猛地放下杯子。“不，我想你的记忆不会那么长久，那么全面。”他说。

“果然如此，毕齐，”西尔维斯特说，“你为什么要这样？你今天听说那小子的事了？”

“我收到了一封信，”骑师说，“我们正在谈论的某人星期三被除名了。一条腿比另一条短两英寸。就是这样。”

西尔维斯特啧了一下舌头，摇了摇头。“我明白你的感受。”

“是吗？”骑师正看着桌上的菜。他的凝视从焗鱼移到玉米，最后落定在那碟炸薯条上。他的脸绷紧，迅速地再一次抬起视线。一朵玫瑰散碎开来，他捡起其中一片花瓣，把它在拇指和食指间捻一捻，放进嘴里。

“呃，这种事总会发生的。”有钱人说。

驯马师和赌注登记员已经吃完了，但还有食物剩在他们碟子前面的上菜盘里。有钱人把自己满是黄油的手指在水杯里浸了一下，再用餐巾把它们擦干。

“哦，”骑师说，“有没有人要我递给他什么菜？或许你们想要再点一道吧。再来一大块牛排，先生们，或者——”

“拜托，”西尔维斯特说，“讲点道理。你干吗不上楼去？”

“对呀，干吗不去呢？”骑师说。

他刻板的声音已经升得更高了些，其中有歇斯底里的尖利嘶鸣。

“我干吗不上楼到我该死的房间里去遛遛，写几封信然后上床像一个好孩子那样？我干吗不干脆——”他朝后一推自己的椅子，站起身来。“哦，去他的，”他说，“去你妈的。我要喝一杯。”

“我只能说你这是在找死，”西尔维斯特说，“你知道这对你有什么影响。你清楚得很。”

骑师穿过餐厅走进了酒吧。他叫了一杯曼哈顿，西尔维斯特看见他两只脚后跟紧贴在一起站着，他的身体硬得像是铅做的士兵，把小手指从鸡尾酒杯上伸开，慢慢地呷着酒。

“他是疯子，”西蒙斯说，“我早说了。”

西尔维斯特转向有钱人。“如果他吃一块羊排，一小时之后你可以看到它在他肚子里的形状。他再也没办法把东西消化掉了。他现在是一百十二磅半。从我们离开迈阿密那时起他重了三磅。”

“一名骑师是不应该喝酒的。”有钱人说。

“食物不像以前那样让他满足了，他也没办法消化它们。如果他吃一块羊排，你可以看它在他的肚子上凸出来，它下不去。”

骑师喝完了他的曼哈顿。他吞饮而尽，用拇指压碎杯底的樱桃，就把杯子从面前推开了。两个穿宽松上衣的女孩站在他左边，彼此转脸相对，在酒吧的另一头两个票贩子已经展开了一场关于世界上最高的山是哪座的争论。每个人都跟别人在一起，那晚再没有另一个独饮的人。骑师用一张全新的五十美元票子付了账，找回来的钱点都没点。

他走回餐厅，回到三个人所坐的桌前，但并不坐下。“不，我不会贸然猜想你们的记忆会那么全面。”他说。他个子这么小，桌面的边缘几乎高及他的皮带，他用精瘦的双手抓住桌角的时候连腰都没弯。“不，你们都忙着在餐厅里狼吞虎咽呢。你们太忙了——”

“说实话，”西尔维斯特恳求道，“你做事一定要讲理。”

“讲理！讲理！”骑师的灰脸颤抖着，随后化成怨毒、凝固的粲然一笑。他摇了摇桌子，盘子叮当碰响，有那么一瞬间他似乎要把它掀翻了。但他突然停了下来。他的手伸向离他最近的盘子，不慌不忙地把几根法式炸薯条放进自己的嘴里。他慢慢地咀嚼着，上唇抬起，然后他转过身来，把糊烂的一嘴全吐在覆盖着地板的平整红地毯上。“放浪之辈。”他说，他的声音尖细而嘶哑。他把这个词在嘴里翻卷着，好像它有一种令他愉悦的滋味和质地一样。“放浪之辈。”他又说了一遍，转身便以他刻板的昂首阔步走出了餐厅。

西尔维斯特耸了耸他松弛、厚重的一边肩膀。有钱人擦了擦溅在桌布上的水，他们没有说话，直到服务生过来收拾。

泽兰斯基夫人与芬兰国王

布鲁克先生，莱德学院的音乐系主任，将泽兰斯基夫人招入教师班底的所有功劳全归他所有。学院认为自己很走运，她享有盛誉，无论是作为一个作曲家，还是作为一个教育家。布鲁克先生担起为泽兰斯基夫人寻找一所住宅的责任，一处带花园的舒适地方，既方便去学校，也靠近他自己住的公寓房子。

泽兰斯基夫人来之前，威斯特布里奇没人认识她。布鲁克先生曾经在音乐刊物上见过她的照片，有一次他给她写信询问某一份布克斯特胡德[①]手稿的真实性。此外，在确定她将会加入教师班底的时候，他们曾就一些实际问题通过几封

①迪特里克·布克斯特胡德（Dieterich Buxtehude，约1637/39—1707），丹麦裔德国作曲家。

电报和信件。她的字是一种清晰、方正的手写体，在这些信件里唯一超乎寻常的是它们偶尔会提及布鲁克先生完全不知道的对象和人物,如“里斯本的黄猫”或“可怜的海因里希”之类。这些疏忽布鲁克先生都归因于要让她和她的家人离开欧洲而产生的困惑。

布鲁克先生是一个多少有点平淡的人,多年的莫扎特《小步舞曲》研究，对减七和弦与小三和弦的解释，已经赋予他一种小心翼翼的职业耐心。多数情况下，他不跟人来往。他厌恶学术界的琐事和各种委员会。多年以前，在音乐系已经决定好组团去萨尔茨堡消夏的时候，布鲁克先生在最后时刻悄悄脱离了安排孤身去秘鲁旅行了。他本人有几个怪癖，也宽容他人的特别之处。事实上，他对荒谬的事是颇为欣赏的。时常，在面对某些严重和不协调的情况时，他总会感觉有点心痒痒的，让他那张温和的长脸僵硬起来，也让他那双灰眼睛里的光变得锐利。

布鲁克先生是秋季学期开始的一星期前在威斯特布里奇站接到泽兰斯基夫人的。他立刻就认出了她。她是一个身材高挑挺拔的女人,有一张苍白而憔悴的脸。她有很深的黑眼圈,乱蓬蓬的黑发从额头推向脑后。她长着一双很大的、细巧的手,但非常邋遢。她这个人总体来说有一种高贵和抽象的气质,令布鲁克先生一时间有点畏缩，站在那儿紧张地解开自己的袖扣。尽管是这样的衣着——一条很长的黑裙子和一件破旧的皮夹克——她却给人一种模糊的优雅印象。泽兰斯基夫人带着三个孩子，六岁到十岁间的男孩，都是金发，有着茫然的双眼，很美。还有另外一个人，一个老妇人，后来得知是芬兰仆人。

这就是他在车站看到的一行人。他们带来的唯一行李是两大箱的手稿，他们其余的随身物品已经在转车时忘在斯普林菲尔德车站了。这种事可能发生在任何人身上。布鲁克先生把他们一块儿送进一辆出租车的时候，他以为最大的困难已经过去了，但泽兰斯基夫人却突然想要爬过他的膝头，夺门而出。

“天啊！”她说，“我忘了我的——怎么说呢？——我的嘀嗒嘀嗒嘀嗒——”

“你的手表？”布鲁克先生问道。

“哦不！”她激动地说，“你知道，我的嘀嗒嘀嗒嘀嗒。”她把食指从一边到另一边来回摇摆，像钟摆一样。

“嘀嗒嘀嗒。”布鲁克先生说，把手按在自己的额头上，闭上眼睛。“你有没有可能是指一个节拍器？”

“对的！对的！我想我一定把它掉在我们转车的地方了。”

布鲁克先生设法安抚她。他甚至迷迷糊糊地鼓起勇气，说他第二天就会给她再弄一个。但在那时候他肯定自己也承认这种对一个节拍器的恐慌是有点奇怪的，毕竟丢的还有其他行李。

泽兰斯基一家搬进了隔壁的房子，表面上一切都挺好。几个男孩子是很安静的小孩。他们的名字是西格蒙德、鲍里斯和萨米。他们总在一起，彼此跟随着排成一路纵队走来走去，西格蒙德通常是头一个。在自己人中间，他们讲一种让人听了绝望的，由俄语、法语、芬兰语、德语和英语组成的家庭世界语。有其他人的时候，他们就奇怪地沉默不语。让布鲁克先生不安的不是泽兰斯基做的或说的任何一件事。就是有些细小的琐琐碎碎。例如，泽兰斯基家的小孩在一所房子里的时候，他们身上总有什么东西在下意识地烦扰着他，最后他意识到令他困扰的是这些泽兰斯基男孩从来不在地毯上走这件事，他们成单行绕过去在空地板上走，要是有一个房间全铺着地毯，他们就站在门口不进去。还有一件事是这样的：过了几个星期，泽兰斯基夫人似乎毫不费力就安顿下来了，除了一张桌子和几张床以外，还用各式各样的东西来布置房子。前门日日夜夜开着，很快房子就开始呈现出一种奇怪、凄凉的样子，就好像是一个废弃了多年的地方。

学院有充分的理由对泽兰斯基夫人感到满意。她的教学有一种狂热的执着。她很可能会怒火中烧，如果某个玛丽·欧文斯或伯娜丁·史密斯纠正不了她的斯卡拉蒂[①]颤音的话。她给自己的学院琴房弄到了四架钢琴，安排了四个茫然无措的学生一起来弹巴赫的赋格。从系里她那一头传来的喧响怪异至极，但泽兰斯基夫人好像没有神经似的，倘若单纯的意志和努力可以战胜一个音乐理念，那么莱德学院已经做得不能再好了。晚上泽兰斯基夫人致力完成她的《第十二交响曲》。她似乎从来不睡觉，无论夜里什么时候，布鲁克先生偶然望出自己起居室的窗口，她琴房里的灯总是亮着。不，布鲁克先生变得如此疑心并不是因为任何专业方面的考虑。

那是十月的下旬，他第一次感觉到有什么东西明白无误地错了。他跟泽兰斯基夫人共进了午餐，很愉快，因为她向他非常详细地讲述了她一九二八年在非洲进行的一场游猎。下午晚些时候她来到了他的办公室，有点神不守舍地站在门口。

布鲁克先生从他的办公桌前抬起头来问道："您有何见教？"

①亚历山德罗·斯卡拉蒂（Alessandro Scarlatti，1660—1725），意大利作曲家。

“不，谢谢你。”泽兰斯基夫人说。她有一副低沉、优美、阴郁的嗓音。“我只是有些诧异。你记得节拍器吧。你是否认为我或许把它留在法国人那里了？”

“谁？”布鲁克先生问道。

“怎么，我嫁的那个法国人啊。”她回答。

“法国人。”布鲁克先生温和地说。他试图想象泽兰斯基夫人的丈夫，但他的头脑拒绝了。他半是自言自语地咕哝道：“孩子的父亲。”

“不对，”泽兰斯基夫人断然说道，“是萨米的父亲。”

布鲁克先生有一种敏捷的先见之明。他最深的本能警告他什么也别再说了。尽管如此，他对条理性的尊重，他的良知，仍要求他提问：“另外两个孩子的父亲呢？”

泽兰斯基夫人把手放到脑后，往上托了托她剪短了的头发。她的脸如在梦中，有好一阵子不作回答。随后她柔声说道：“鲍里斯是一个吹短笛的波兰人的。”

“西格蒙德呢？”他问道。布鲁克先生俯首看着他整洁有序的办公桌，上面那一摞改完的试卷、三支削好的铅笔、象牙白的镇纸。他抬眼来看泽兰斯基夫人的时候，她显然在拼命思考着。她扫视房间的各个角落，她的眉头垂落，她的下颌从一边移到另一边。最后她开口了：“我们是在讨论西格蒙德的父亲吗？”

“哪里，没有啊，”布鲁克说，“根本没有必要这么做。”

泽兰斯基夫人用一种既端庄又决然的声音回答道：“他是一个同乡。”

布鲁克先生真的不关心是这样还是那样。他没有偏见，就他而言，人尽可以结婚十七次，养中国小孩。但这场与泽兰斯基夫人的谈话里有什么东西困扰着他。突然间他领悟到了。这些孩子的相貌根本不像泽兰斯基夫人，但他们彼此之间却很像，而因为他们各有不同的父亲，布鲁克先生觉得这种相似是令人震惊的。

但泽兰斯基夫人已经结束了这个话题。她拉上皮夹克的拉链转身就走。

“一点不错我就是把它落在那儿了。”她说，迅速点了点头，“在那个法国人家里。”

音乐系的事务进行得很顺利。布鲁克先生没有什么严重的难堪事需要处理，像去年的竖琴老师最后跟一个汽车修理工私奔了之类的。只有泽兰斯基夫人这件纠缠不休的烦心事。他弄不明白他跟她的关系出了什么错，或是为什么他的感情如此地复杂。首先，她是个大环球旅行家，她的谈话总要掺些不协调的作料，提到各种牵强附会的地方。她会好几天都不开口，沿着走廊来回踱步，她的两手插在夹克口袋里，她的脸凝固在沉思之中。然后突然间她会拉住布鲁克先生展开一场冗长的、漫无边际的独白，她的两眼率然而明亮，她的声音热切而充满激情。她要么什么都谈，要么什么都不说。然而，从无例外，在她提到的每件轶事里面总有某种怪异的成分，仿佛带有某种倾向。如果她说起带萨米去理发，她给人的印象是漠不相关的，就好像在谈论一个巴格达的下午一样。布鲁克先生怎么也搞不明白。

真相向他呈现得非常突然，真相让一切都变得一清二楚，或者至少是澄清了状况。布鲁克先生很早就回到了家，在客厅的小炉架上点起一堆火。那天傍晚他感觉很舒服也很安心。他脚上穿着袜子坐在炉火前，身边的桌子上放着一卷威廉·布莱克的作品，还给自己倒了半杯杏子白兰地。十点钟时他在炉火前惬意地打着瞌睡，脑子里满是马勒[1]的混沌乐句和零碎飘荡的思绪。蓦然之间，从这微妙的恍惚之中，四个字出现在他的脑海里："芬兰国王。"这个词似乎很熟，但在最初一刻他无法安放它们。随后他就立刻追溯下去了。他曾在那天下午穿过校园，这时泽兰斯基夫人拦住了他，开始了一

---

①古斯塔夫·马勒（Gustav Mahler，1860—1911），奥地利作曲家、指挥家。

段荒谬的胡言乱语，对此他不过是半听不听的；他想的是他的复调班交上来的那一摞卡农。现在这些词，她声音的语调，以诡秘的精确回到了他耳边，泽兰斯基夫人开口就是下面的话：“有一天，我正站在一家蛋糕店[①]门前，芬兰国王乘着一架雪橇过来了。”

布鲁克先生在椅子上猛地坐直起来，放下他那杯白兰地。这女人是个病态的骗子。她在课堂外说的几乎每个词都是妄语。如果她工作了一整夜，她会拐弯抹角地告诉你她这晚是在电影院度过的。如果她在老酒馆吃的午饭，她必定会提到她跟她的孩子在家共进午餐。这个女人纯粹是一个病态的骗子，而这样就全都解释得通了。

布鲁克先生打了个响指，从椅子上站起来。他的第一反应是一腔愤怒。泽兰斯基夫人竟有胆量日复一日坐在他的办公室里向他倾倒她那些无耻的杜撰！布鲁克先生被强烈地激怒了。他在房间里来回走动，随后走进了厨房，给自己做了份沙丁鱼三明治。

一小时后，他坐在炉火之前，激愤已经变成了一种学术性与深思的惊疑。他应该做的，他对自己说，是要超越私人情感来看待整个情况，像一个医生审视一个病人那样审视泽

①原文为法语 pâtisserie。

兰斯基夫人。她的谎话是很朴实的那种。她没有出于任何欺骗的意图来掩饰，而她所说的妄语也从未被用来获得任何可能的好处。这是令人抓狂的一点，在这一切背后根本没有任何动机。

布鲁克先生喝完剩下的白兰地。慢慢地，将近午夜时分，一份更深的领悟向他呈现出来。泽兰斯基夫人说谎的缘由是痛苦而平凡的。泽兰斯基夫人一生都在工作——钢琴，教学，写作那优美而宏大的十二部交响曲。夜以继日，她都在拼命奋斗，将自己的灵魂投入到她的工作中去，她再没有多少可以留给任何其他事情了。作为一个人，这种匮乏令她深受其苦，她便尽所能来补偿这一点。如果她趴在一张图书馆的桌子上度过了一夜，随后却宣布她把这时间花在了打牌上，那就仿佛是这两件事情她都做到了。通过说谎，她间接地活着。谎言倍增了她工作以外所剩的那一点存在感，放大了她私人生活的点滴。

布鲁克先生看着炉火，泽兰斯基夫人的脸在他的头脑里——一张严肃的脸，黯然、疲惫的眼睛和恪守规矩的嘴。他觉察到自己的胸口有一团温热，一份怜悯、守护，以及令人敬畏的理解。一时间他陷入了一种爱的迷惘状态。

后来他刷好了牙，披上自己的睡衣。他必须要实际一点。

这又澄清了什么？那个法国人、那个吹短笛的波兰人、巴格达么？还有小孩，西格蒙德、鲍里斯和萨米——他们是谁？他们真是她的孩子吗，或者他们不过是她从什么地方弄来的？布鲁克先生擦了擦自己的眼镜，把它放在床边的桌子上。他必须要对她有一个直接的了解。否则，系里就会存在一种可能变得极为棘手的情况。现在是两点钟。他望了下窗户外面，看到泽兰斯基夫人工作间的灯还亮着。布鲁克先生睡到床上，在黑暗中做着可怕的鬼脸，尽力谋划自己第二天应该说些什么。

布鲁克先生八点钟就到了自己的办公室。他弓着身坐在自己的办公桌后面，准备在泽兰斯基夫人经过走廊时捉住她。不用久等，一听到她的脚步声他就大声叫起了她的名字。

泽兰斯基夫人站在门口。她看上去迷糊而又疲倦。“你怎么样？我一晚休息得太好了。”她说。

“请坐，如果你赏光的话，”布鲁克说，“我想和你谈一谈。”

泽兰斯基夫人搁下自己的文件夹，疲惫地向后靠在他对面的扶手椅上。“是吗？”她问。

“昨天我穿过校园的时候你和我说话，”他慢慢说道，“如果我没有记错的话，我相信你说到了一个蛋糕店和芬兰国王。对吗？”

泽兰斯基夫人把头转到一边，凝望窗台的一角回想着。

“关于一家蛋糕店的事。”他又说了一遍。

她疲倦的脸亮了起来。“当然，”她急切地说，“我跟你说了，就在我站在这个店前面的时候芬兰国王——”

“泽兰斯基夫人！”布鲁克先生喊道，“芬兰是没有国王的。”

泽兰斯基夫人看上去极度茫然。随后，过了片刻，她就又开始了。“我正站在比亚恩的蛋糕店门前，当时我转身离开蛋糕店，突然看到了芬兰国王——”

“泽兰斯基夫人，我刚刚告诉你芬兰是没有国王的。”

“在赫尔辛基。”她又一次绝望地从头开始了，而他则又一次让她止步于国王，而不再扯得更远。

“芬兰是一个民主国家，”他说，“你是不可能看到芬兰国王的。因此，你刚才说的是妄语。纯粹的妄语。”

之后布鲁克先生便永远无法忘记泽兰斯基夫人那一刻的脸了。在她的眼中有震惊，沮丧，以及一种走投无路的恐惧。她现出一个看着自己的整个内心世界被撕裂开来、分崩离析的人的样子。

“真是可惜。”布鲁克先生怀着真正的同情说道。

但泽兰斯基夫人又振作了起来。她抬起下巴，冷冷地说：

“我是一个芬兰人。”

“这我并不质疑。”布鲁克先生回答说。转念一想，他其实对此也略有质疑。

“我出生在芬兰，我是一个芬兰公民。”

“很可能是这样。”布鲁克先生抬高声音说。

“在战争时期，”她继续激动地说，“我骑一辆摩托车，是一个信使。”

“你的爱国主义与此无关。”

“就因为我正在填入籍的初步申请书——”

“泽兰斯基夫人！”布鲁克先生说。他的双手抓住书桌的边缘。“这只是一个不相关的题目。关键是你主张并且声明你看到了——你看到了——”但他没办法说完。她的脸阻止了他。她面色死白，嘴边现出暗影。她的两眼圆睁，认命，而又自豪。布鲁克先生突然感觉自己像是一个杀人犯。一股百感交集的骚动——理解、后悔和毫无道理的爱——令他用双手蒙住了脸。他说不出话来，直到他内心中的这团乱麻平静下来，随后他十分微弱地说：“是的。当然。芬兰国王。他和善吗？”

一个小时后，布鲁克先生坐在那里望着办公室的窗外。

安静的威斯特布里奇街边的树木几乎都光秃秃的，学院的灰色建筑有一种安宁、悲伤的相貌。在他悠闲地观赏着熟悉的景象之际，他注意到德雷克斯家的老埃尔谷狊犬[1]正摇摇摆摆地沿街走过。这是他以前看过一百次的事情，那又是什么让他觉得奇怪呢？随后他带着浑身发冷的惊讶意识到那只老狗是倒着跑的。布鲁克先生望着那只埃尔谷梗犬，直到它从视线中消失，然后便做回自己的工作，继续批改复调班交上来的卡农。

① Airedale，一种硬毛杂种猎犬。

旅居者

睡与醒的幽暝边界在今天早晨如罗马一般：飞溅的喷泉和架有拱门的窄街，金色的奢靡之城，满是鲜花与岁月磨光的石头。有时在这半觉醒状态里他又一次旅居巴黎，或战时德国的废墟，或在瑞士滑雪、住在一家雪中酒店。也有时，是在一片休耕的佐治亚田野里，在狩猎的黎明。今天早晨是在罗马，在无年无月的梦之领域里。

约翰·费里斯在一家纽约酒店的房间里醒来。他感觉有某样不愉快的东西在等待着他——是什么，他不知道。这感觉，被清晨的各种需求所淹没，甚至在他穿好衣服下了楼之后依然萦绕着。这是一个晴朗无云的秋日，苍白的阳光在浅色的摩天楼之间斜切而下。费里斯走进隔壁的药店，坐到尽头的位置，就在俯瞰人行道的窗玻璃边上。他点了一份有炒鸡蛋和香肠的美式早餐。

费里斯是从巴黎来参加他父亲的葬礼的，上星期刚在他佐治亚州的家乡办完。死亡的冲击令他意识到青春已逝。他的头发越来越少，他现已光秃秃的太阳穴上的静脉微颤着突显出来，他的身体不胖，只是有刚开始鼓起来的小肚子。费里斯曾经很爱他的父亲，他们之间的纽带一度非常紧密——但岁月却不知怎的拆散了这份孝心的羁绊。死亡，在长时间的期待之后，留给他的是始料未及的沮丧。他已经在家里待了尽可能久的时间，留在他母亲和兄弟身边。他回巴黎的飞机将于第二天早晨起飞。

费里斯掏出通讯录来确认一个号码。他越来越专注地翻动页面。纽约的名字和地址，欧洲各国首都，他在南方家乡这个州里的一些模糊条目。淡去的、打印的名字，烂醉如泥后乱涂的名字。贝蒂·威尔斯：偶然的艳遇，现已结婚。查理·威廉斯：在许特根森林[1]受了伤，从此没了音讯。大佬威廉斯——他是死是活？唐·沃克：一个电视里的大红人，正在发财。亨利·格林：战后就不行了，如今在一家疯人院里，他们说。蔻西·豪尔：他听说她死掉了。漫不经心、总是在笑

① Hürtgen Forest，位于德国与比利时边界处，1944—1945 年美国与德国军队在此激战。

的蔻西——想到她，这个傻姑娘，居然也会死去，奇怪得很。费里斯合上了通讯录，一种危险、无常、几乎是恐惧的感觉折磨着他。

就在那时，他的身体猛然一动。他凝视着窗外，此刻，在人行道上，正由此经过的，是他的前妻。伊丽莎白在离他非常近的地方经过，走得很慢。他无法理解他心脏的狂野颤动，也弄不懂随之而来的放纵一切与领受神恩的感觉，在她走了之后仍萦绕不绝。

费里斯赶忙结了账，冲到人行道上。伊丽莎白站在街角等着过第五大道。他疾步向她走去想要说话，但绿灯亮了，她在他赶到之前过了马路。费里斯跟了上去。在街对面他原本可以很容易追上她的，但他发现自己难以解释地落在后面。她褐色的秀发简单地卷起，望着她的时候费里斯想起有一次他父亲曾经说过伊丽莎白有一副"美丽的仪容"。她拐过下一个街角，费里斯跟过去，尽管这时他想要赶上她的念头已经消失了。费里斯不明白看到伊丽莎白后他身上产生的骚动，双手潮湿，心脏剧烈搏动。

距费里斯上一次见到前妻至今已经八年了。他知道很久以前她就再婚了。还有了孩子。最近几年他很少想到过她。但在起初，刚离婚那时，沮丧几乎摧毁了他。然后，时间疗好了伤，他再次恋爱了，然后是再一次。珍妮娜，现在他爱的是珍妮娜。当然他对前妻的爱早就消散了。那又为什么身体颤抖、心旌摇曳呢？他只知道他阴云密布的心与这阳光明媚、坦诚无碍的秋日奇怪地格格不入。费里斯突然掉转身去，迈开大步，几乎是奔跑着，赶回了酒店。

费里斯给自己倒了一杯喝的，尽管还没到十一点钟。他瘫坐在一张扶手椅上像一个筋疲力尽的人，吮吸着他那杯加水的波本威士忌。他还有整整一天要过，因为他将在第二天早上乘飞机去巴黎。他检查了一下他的任务：拿行李到法国航空，跟他的老板共进午餐，买鞋子和大衣。还有一样——没有别的事情了吗？费里斯把酒喝完，打开了电话簿。

他给前妻打电话的决定属于心血来潮。号码在白利——她丈夫的名字下面，他不容自己有太多时间自我辩论就打过去了。他和伊丽莎白在圣诞节交换过卡片，费里斯在收到她婚讯的时候曾经送过一套刀具。没有理由不打电话。但在他等待的时候，听着另一端的铃声，顾虑就向他袭来了。

伊丽莎白接起了电话，她熟悉的声音对他而言是一记新的冲击。他不得不重复了两次自己的名字，不过认出了是他之后，她听上去倒是挺高兴的。他解释说他只有这天在本市。她说他们已经定好了要去看戏，但不知道他是否愿意过来共进一顿提早的晚餐。费里斯说他将倍感荣幸。

他赶赴一个又一个约见，偶尔仍有不安之感，似乎遗忘了某件必要的事情。费里斯在黄昏洗澡更衣，时不时就想起珍妮娜来：下一个夜晚他就将与她在一起了。“珍妮娜，”他会说，“我在纽约的时候碰巧遇到我的前妻。跟她吃了晚饭。还有她的丈夫，当然了。过了这么些年再看到她挺陌生的。”

伊丽莎白住在东五十街，费里斯乘出租车去住宅区的时候，他在十字路口瞥见了未落的夕阳，但等他到达目的地时，已经是秋季天黑的时候了。那地方是一幢有挑篷和门卫的建筑，公寓套间在七楼。

“进来吧，费里斯先生。”

费里斯心里对伊丽莎白，甚至那个无法想象的丈夫都已有准备，却被满脸雀斑的红发小孩惊到了。他早就听说了这个孩子，但他的头脑却不知怎的一直无法承认他。惊讶令他笨拙地退后了一步。

“这是我们的公寓，”孩子礼貌地说，“您是费里斯先生吧？我是比利。进来吧。”

在门厅后面的起居室里，她丈夫又带来一惊，费里斯在情感上也没法接受他。白利是一个行动迟缓的红发男子，一副审慎的做派。他站起身，伸出一只欢迎的手。

“我是比尔·白利。很高兴见到你。伊丽莎白就来了，一会儿就来。她在梳妆打扮。”

最后几个词击出一系列滑行而过的震颤，那些年的回忆。美丽的伊丽莎白，在入浴之前粉红而赤裸。半施妆容在她梳妆台的镜前，梳刷着她栗色的秀发。甜美，不经意的亲昵，肌肤温柔的可爱无可争辩地为她所有。费里斯躲开这不请自来的记忆，强迫自己迎向比尔·白利的目光。

“比利，麻烦你把厨房桌子上放饮品的托盘拿过来好吗？”

孩子立刻照办了，他走后费里斯寒暄道：“你有个挺好的孩子。”

“我们也是这么想的。”

一片纯粹的沉默，直到孩子端着一托盘的杯子和马提尼调酒器返回为止。有了饮料助兴，他们的对话便活跃了起来：他们谈起俄罗斯，还有纽约的人工造雨，以及曼哈顿和巴黎的公寓状况。

“费里斯先生明天就要一路飞过大洋了。”白利对小男孩说，他就趴在他座椅的扶手上，安静又规矩。“我打赌你一定想躲在他的行李箱里当个偷渡客吧。”

比利把他柔软的刘海朝后一推。“我想乘一架飞机去飞，当个像费里斯先生一样的报社记者，”他又突然确信地加上一句，“这是我大了之后要做的事。”

白利说：“我还以为你想当个医生呢。”

“我想的啊！”比利说，“我两个都想当。我还想当一个原子弹科学家。”

伊丽莎白怀里抱着一个女婴走了进来。

“哦，约翰！”她说。她把婴儿放在父亲的膝上。“见到你太好了。我非常高兴你能来。”

小女孩端坐在白利的膝头。她穿着一件淡粉色的中式绉绸[1]连衣裙，环肩刺绣着一圈玫瑰花，一条匹配的丝绸发带把她柔软的浅色鬈发绑到后面。她的皮肤在夏天晒黑了，褐色的眼睛点缀着金色与笑意。她伸出手指来触摸她父亲的角质框眼镜的时候，他把它摘下来，让她盯着看了一会儿。“我的旧糖果怎么样啊？”

伊丽莎白很美，或许比他曾经认识的还要美。她干净的直发闪亮。她的脸更温柔了，光艳而沉静。这是一种圣母般的可爱，取决于家庭氛围。

“你几乎一点变化都没有，”伊丽莎白说，“可是已经很久了。”

①原文为法语 crêpe de Chine。

“八年。”在进一步友好交流时，他伸手不自觉地摸了摸自己日渐稀疏的头发。

费里斯觉得自己突然变成了一个旁观者——这些白利们中间的一个闯入者。他为什么来？他痛苦。他自己的生命显得那么孤独，在岁月的废墟中间，一根脆弱的梁柱支撑着无物。他觉得自己无法忍受在这个家庭的居室里待得更久了。

他看了看手表。“你们要去看戏吗？”

“真是遗憾，”伊丽莎白说，“可是我们订好这事已经有一个多月了。不过可以肯定，约翰，你过不了多久就会回家乡来住的吧。你不会当侨民的，对吗？”

“侨民，”费里斯重复了一遍，“我不是很喜欢这个词儿。”

“好点的词儿是什么呢？”她问。

他想了一会儿。“旅居者大概可以。”

费里斯又看了看表，伊丽莎白则再次道歉。“要是我们早知道的话——”

“我只有今天在本市。我回家是出于意外。你看，爸爸上星期死了。”

“费里斯爸爸死了？”

“是的，在约翰 - 霍普金斯[①]。他在那儿病了将近一年。

① Johns-Hopkins，位于美国马里兰州巴尔的摩的大学。

葬礼是在佐治亚的家里办的。”

“哦，我很难过，约翰。费里斯爸爸一直是我最喜欢的人之一。”

小男孩从椅子后面挪过来好看清他母亲的脸。他问：“谁死了？”

费里斯心不在焉而没理解，他在想着父亲的死。他又看到了棺材里加衬芯的丝绸上那具直直摊开的遗体。尸体的肉怪异地发红，那双熟悉的手搁在那里，巨大并且交握着，在一层铺开的葬礼玫瑰之上。费里斯从记忆中回过神来，听到伊丽莎白平静的声音。

“费里斯先生的父亲，比利。一个真正伟大的人。你不认识。”

“可是你为什么叫他费里斯爸爸呢？”

白利和伊丽莎白交换了一个窘迫的眼神。是白利回答了提问的孩子。“很久以前，”他说，“你母亲和费里斯先生曾经结过婚。在你出生之前——很久以前。”

“费里斯先生？”

小男孩盯着费里斯，既吃惊又不相信。而费里斯的眼睛，在注目回望中，某种程度上也是不相信的。这确实是真的吗，他竟然曾有一度把这个陌生人，伊丽莎白，叫做小奶油鸭子，在那些充满爱的夜晚中，他们竟然曾经同住过，共度了或许一千个昼夜而又——最终——忍受婚姻中编织的爱情一丝接一丝（嫉妒、酒精和金钱纠纷）崩坏所带来的突如其来的寂寞痛苦。

白利对孩子们说：“某些人的晚饭时间到了。来吧。”

“可是爸爸！妈妈和费里斯先生——我——”

比利永久不变的双眼——困惑并现出一丝敌意——让费里斯想起了另一个孩子的目光。是珍妮娜的小儿子——一个七岁的小男孩，有一张被阴影遮蔽的小脸和圆球般的膝盖，费里斯总是避开他，通常都把他忘掉。

“齐步走！”白利把比利轻轻转向门口，“现在说晚安，儿子。”

“晚安，费里斯先生，”他悻悻然叫了一句，“我以为要在这儿等蛋糕呢。”

“你可以过会儿进来吃蛋糕，”伊丽莎白说，“现在快跟爸爸去吃晚饭。”

费里斯和伊丽莎白单独在一起。这场面的重量落在那些最初的沉默瞬间。费里斯请求允许他再倒一杯，伊丽莎白把调酒器放到他这一边的桌上。他望着那架三角钢琴，注意到琴架上的乐谱。

“你弹得还像以前那么动听吗？”

“我依然很喜欢弹琴。”

“请弹吧，伊丽莎白。”

伊丽莎白立刻站起身来。她只要受到邀请就总会欣然演奏，这始终是她可亲可敬的一点。她从来不忸忸怩怩、借故推辞。此刻她走近钢琴的时候，欣然中更多了一份轻松。

她以一支巴赫序曲和赋格开始。序曲像一间清晨起居屋里的棱镜一般明快多彩。赋格的第一个音，一声纯粹而孤独的宣示，在与第二个音的交织中重复了一遍，又在精美的一轮中再次重现，多重的音乐，平和而又宁静，带着从容的庄严流淌而来。主旋律是以另外两个音编织起来的，点缀着无数的精妙之处——时而排山倒海，时而潜行低回，它拥有一种因其独一无二而不害怕屈从于整体的崇高。将近末尾，音符密集地汇聚起来以最后充实地强调主导的第一动机，随着一段带和音的最终陈述，赋格结束了。费里斯把头靠在椅背上闭着眼睛。在随后的沉默中一个清晰、响亮的声音从房间传到了门厅。

“爸爸，妈妈和费里斯先生怎么可以——”一扇门被关上了。

钢琴又开始了——这段音乐是什么？无处安放，似曾相识，这清澈的旋律已在他的心中蛰伏了很久。此刻它向他诉说起另一个时间、另一个地方——那是伊丽莎白以前常弹的音乐。美妙的曲子唤醒一片记忆的荒野。费里斯迷失在旧日的向往、冲突、矛盾的欲望汇成的骚动之中。奇怪的是那音乐，这团喧嚣混乱的催化剂，却如此宁静与清澈。如歌的旋律被女佣的出现打断了。

“白利太太，晚餐已经上桌了。”

虽然费里斯已经坐到了桌前，坐在他的男主人和女主人之间，那段未完的音乐却依然笼罩着他的情绪。他有点醉了。

“人生的即兴发挥[①]，”他说，“没有什么能让你如此了悟人的存在就是即兴发挥，像一支未完的歌那样。或是一本旧通讯录。”

“通讯录？”白利重复了一遍。随后他就住口了，不置可否而颇有礼貌。

“你还是那个往日的男孩，约翰尼。”伊丽莎白说，带着一丝往日的柔情。

那天的晚餐是一桌南方菜，菜都是他最爱吃的。他们做了炸鸡和玉米布丁，还有浓郁的蜜渍甘薯。进餐时如果冷场太久了，伊丽莎白就开口让谈话继续下去。这样说来说去费里斯就说到了珍妮娜。

①原文为法语 L’improvisation de la vie humaine。

“我第一次认识珍妮娜是去年秋天——大致是那年的这个时候——是在意大利。她是一个歌手，在罗马签约了。我想我们很快就要结婚了。”

这话似乎那么真实，必然会发生，以至于费里斯起初自己都不承认是在撒谎。他和珍妮娜那年从来没有说起过结婚。事实上，她依然是已婚——跟巴黎的一个白俄货币兑换商，他们已经分居五年了。不过要纠正这个谎言为时已晚。伊丽莎白已经在说了:“知道这个我真的很高兴。恭喜你,约翰尼。”

他试图用真话来弥补。“罗马的秋天太美了。阳光和煦，鲜花盛开，”他补充说，“珍妮娜有一个六岁的男孩。一个很奇怪的会三种语言的小家伙。我们有时候去杜伊勒里宫。”

又是一个谎言。他有一回带那男孩去过那些花园。这个穿着短裤、露出细腿、面色蜡黄的外国男孩在混凝土池塘里乘了船，骑了小马。孩子本来想进去看木偶戏。可是没有时间了，因为费里斯在斯克里布酒店有个约会。他曾经答应过他另找一天下午可以去看布袋木偶。他只带瓦伦丁去过一次杜伊勒里宫。

气氛突然高昂起来。女佣端来了一只裱了白色奶油的蛋糕跟粉红色的蜡烛。孩子们穿上自己的睡衣。费里斯还不明白。

“生日快乐，约翰，”伊丽莎白说，“吹灭蜡烛吧。”

费里斯想起今天是自己的生日。蜡烛吹灭了依然余烟不绝，闻得到烧焦的蜡味。费里斯三十八岁了。他太阳穴上的脉络变深了，明显地跳动着。

“到点了，你们该去剧院了吧。”

费里斯感谢伊丽莎白请他吃生日晚餐，很得体地道了再会。全家人把他送到门口。

一弯高而细瘦的月亮照耀着锯齿状的、阴暗的摩天大楼上空。街上有风，很冷。费里斯赶到第三大道，叫了一辆出租车。他凝望夜晚的城市，报以启程抑或是告别那种深思熟虑的专注。他独自一人。他渴望起飞的时刻与即将到来的旅程。

第二天，他从空中俯瞰这城市，在阳光下闪闪发亮，玩具一般，十分精密。随后美利坚就被留在了后面，只剩了大西洋和遥远的欧洲海岸。大洋在云层下是乳白色的，波澜不惊。费里斯大半天都在打瞌睡。天快黑时他想的是伊丽莎白和前一天晚上的造访。他想到伊丽莎白在她的家人中间，既有向往，也有温和的嫉妒与莫名的懊悔。他寻找着那段旋律，那首未完的、曾如此打动他的曲子。那段节拍，几个无关联的调子，就是剩下的全部，旋律本身他已经想不起来了。他发现取而代之的是伊丽莎白所弹的赋格的第一个音——它在他耳边响起，嘲弄地颠倒了过来，并且是一个小调的调式。高悬于大洋之上，无常与孤独的焦虑不再令他困扰，他以平静之心想到他父亲的死。在晚餐时分飞机抵达了法国的海岸。

半夜里费里斯乘着一辆出租车穿越巴黎。这是一个阴天的夜晚，雾气缠绕着协和广场的街灯。午夜的小酒馆在湿漉漉的人行道上闪烁。像往常一样，在一场越洋飞行之后大陆的变化太过突兀了。纽约已是早晨，这里则是午夜的巴黎。费里斯瞥见他生活的无序：一个接一个的城市、短暂爱情的更迭；还有时间，岁月的不祥滑奏，永远是时间。

“Vite! Vite!（快！快！）”他恐惧地喊道，“Dépêchez-vous.（赶快。）”

瓦伦丁给他开门。小男孩穿着睡衣和一件快穿不下的红睡袍。他的灰眼睛上蒙着阴影，等费里斯进了套房，它们瞬间有些闪烁不定。

“J'attends Maman.（我在等妈妈。）”

珍妮娜在一家夜总会里唱歌。她要再过一个小时才到家。瓦伦丁回转身去画一幅画，蹲在那儿拿着蜡笔对着地板上的纸。费里斯低头看那幅画——是一个弹班卓琴[1]的人，旁边

① Banjo，一种起源于非洲、后在美国流行的弦乐器。

的漫画气球里有音符和波浪纹的线条。

“我们再去一次杜伊勒里宫吧。”

孩子抬起头来，费里斯把他拉近自己的膝头。那旋律，伊丽莎白弹过的那段未完的音乐，突然在耳边响起。从未寻求过的，被弃的记忆的负荷——这一回带来的唯有清晰而又突如其来的欣喜。

“Monsieur Jean(约翰先生),”孩子说,“你看到他了吗？”

困惑中，费里斯只想得起另一个孩子——那个脸上有雀斑的、全家都爱的男孩。“看到谁，瓦伦丁？”

“你在佐治亚州死去的爸爸啊，”孩子又加了一句，“他还好吗？”

费里斯急不可耐地说:“我们会经常去杜伊勒里宫的。骑小马，而且我们还会去看布袋木偶。我们会去看木偶戏，再也不会急急忙忙的。”

“约翰先生，”瓦伦丁说，“布袋木偶现在已经关了。”

又一次，恐惧袭来，只能承认年华虚度与死亡。瓦伦丁，热切回应并且深信不疑，仍旧依偎在他的怀里。他的脸颊触碰着那张柔软的脸颊，感觉到那精细的睫毛的擦动。怀着内心的绝望，他搂紧了孩子——仿佛一种像他的爱那么多变的情感可以支配时间的脉动一样。

家庭困境

星期四，马丁·梅多斯早早离开了办公室，足够赶上第一班高速巴士回家。正是傍晚，淡紫色的光芒在泥泞的街上褪去的钟点，但到巴士离开了城中区终点站的时候，明亮的城市之夜已经来临。星期四女佣放半天假，马丁愿意尽快回到家里，因为过去一年他妻子一直不是——很好。这个星期四他非常疲倦，希望没有哪个平常的通勤乘客会挑中他来聊天，他一路紧紧盯着报纸直到巴士开过了乔治·华盛顿大桥[1]。只要一上 9-W 公路，马丁就总觉得一半的路已经走完了，他深呼吸，哪怕大冷天里只有一丝丝的穿堂风划过巴士烟雾腾腾的空气，也确信自己呼吸的是乡村的空气。往常在

① George Washington Bridge，哈德孙河上连接纽约曼哈顿华盛顿高地与新泽西州利堡的双层大桥。

这个时候他就会放松下来，开始愉快地想起自己的家庭。但最近这一年里，距离的靠近仅仅带来一种紧张之感，他并不期待行程的结束。今晚马丁一直把脸贴近车窗，看着不毛的田野和路过的镇子里孤寂的灯光。天上有一轮月亮，苍白地悬在黑暗的土地以及潮滋滋的晚雪区域之上。在马丁看来那天傍晚的乡村是广袤的，并且不知何故显得很是荒芜。他从架子上拿过自己的帽子，把折起的报纸放在自己的大衣口袋里，这时离拉停车铃还有好几分钟。

别墅离巴士车站有一段路，就在河边上，不过并没有紧挨着河岸。从客厅的窗户你可以隔着街望见对面的院子，看到哈德孙河。别墅很现代，院子的狭窄地块几乎太白太新了。夏天的草又软又亮，马丁精心维护着一道鲜花的边界和一座玫瑰棚架。但在寒冷、休耕的月份，院子总有些凄凉，别墅显得无遮无掩。那天傍晚小楼里所有房间的灯都亮着，马丁急步走上屋前的步道。在台阶前他停下来把一辆小推车从路上挪开。

孩子们在客厅里，玩得那么专心，起初连前门打开了也没有注意到。马丁站在那儿看着他安然无恙、可爱的孩子们。他们已经打开了底层的秘书抽屉并取出了圣诞装饰品。安迪成功插上了圣诞树灯，红绿灯泡在客厅的地毯上闪耀着不合时令的喜气。此刻他正试图把明亮的线缆拉过玛丽安的摇摇马。玛丽安坐在地板上扯着一个天使的翅膀。孩子们尖叫着发出一声吓人的欢迎。马丁把胖胖的小女婴甩到自己的肩膀上，安迪则纵身扑向他父亲的双腿。

“爸爸，爸爸，爸爸！”

马丁小心地放下小女孩，把安迪像个钟摆一样摇晃了好几下。然后他拣起圣诞树的线缆。

“这些东西是怎么回事？帮我把它放回抽屉里去。你们不可以乱摆弄电灯插座。记住我以前就告诉过你们。我不是说着玩的，安迪。”

六岁的孩子点点头，关上了秘书抽屉。马丁抚摸着他柔软的秀发，他的手温柔地停留在孩子瘦弱的脖颈上。

“吃过晚饭了吗，土包子？”

“嘴巴烫。吐司很辣。”

女婴绊倒在地毯上，刚摔倒时吓了一跳，接着放声大哭。马丁抱起她来，把她搂在怀里回到厨房。

“看，爸爸，”安迪说，“吐司——”

艾米莉已经把孩子们的晚餐放在没铺台布的瓷面桌子上了。有两盘剩下的奶油麦片加鸡蛋，银杯子里倒了牛奶。还有一大盘肉桂吐司，除了一个咬过的牙印以外碰都没碰过。

马丁嗅了嗅被咬过的那块，小心翼翼地啃下一点。然后他把吐司放进垃圾桶。

“嚯嚯——什么啊！”

艾米莉错把装红辣椒的罐子当成装肉桂的了。

“我好像被火烧了，”安迪说，“喝了水又跑到外面把嘴巴张开。玛丽安也没吃一点。”

“一点也没吃。”马丁纠正道。他无奈地站在那儿，环顾厨房的四壁。“好吧，就这样吧，我觉得，”他最后说道，“你妈妈现在在哪儿？”

“她在楼上你们的房间。”

马丁离开了厨房里的孩子们，上楼去找妻子。他在门外等了一会儿来平息自己的怒气。他没有敲门，一进房间就把身后的房门关上了。

艾米莉坐在这间惬意房间窗前的摇椅上。她本来拿着一个平底杯在喝着什么，在他进门的时候她急忙把杯子放到椅子后面的地板上。她的神态中不乏困惑和内疚，她试图通过一场故作兴奋的表演掩饰过去。

“哦，马蒂！你已经到家了？时间在我这儿过得飞快啊。我正要下楼呢——”她向他倾过身来，她的吻里是重重的雪利酒味。他站着毫无反应，于是她退后一步，神经质地哧哧笑起来。

“你怎么啦？站在那里像个理发店旋转立柱一样。你有什么问题吗？”

“我有问题？”马丁在摇椅上俯下身，从地板上拿起平底杯，“要是你明白我有多厌倦——这样对我们有多糟。”

艾米莉用一种虚伪、空洞的声音说话，他已经太熟悉不过了。经常在这种时候她就装出一副略微英国式的口音，或许是照抄某个她崇拜的女演员。“我丝毫不明白你的意思。除非你指的是我用来喝一点雪利酒的杯子。我就拿一根手指蘸了点雪利酒——也许两根吧。但这又有什么罪呢，请告诉我。我非常好。非常好。”

“没错，人人都看得到。”

进到浴室的时候艾米莉走得很小心庄重。她打开了冷水，用双手捧起一些泼在脸上，然后用浴巾的一角把自己拍干。她的脸上五官精致，年轻而毫无瑕疵。

“我刚才正要下去弄晚饭。”她绊了一下，抓住门框找到了平衡。

“我会料理晚饭的。你留在这儿。我会拿上来的。”

“我绝不会做这种事的。怎么啦，有谁听说过这种事情吗？”

“拜托。”马丁说。

“别来烦我。我根本没事。我刚才就要下去了——”

“想想我说的话。”

“想你奶奶去吧。”

她踉跄着走向门口，但马丁抓住了她的胳膊。“我不想让孩子看到你这种状况。讲点道理。”

“状况！”艾米莉一甩胳膊。她愤怒地提高了声音。“怎么，就因为我在下午喝了几杯雪利酒你就想把我说成一个酒鬼吗？状况！怎么了，我连威士忌都不碰，你清楚得很。我可没在酒吧里灌烈酒。你还有什么可说的。我晚饭的时候连个鸡尾酒都不喝。我只不过有时候来一杯雪利酒而已。我问你，这有什么丢脸的？状况！”

马丁想找话让他的妻子平静下来。“我们应该在这儿安安静静吃一顿我们自己的晚餐。这才是好姑娘呢。”艾米莉坐在床边，他开门赶快遁走。“我马上就回。”

在楼下忙着晚饭的时候，他陷入了那个熟悉的疑问，就是这个问题是怎么出现在他家里的。他本人一直很喜欢好好喝一杯。他们还住在亚拉巴马州的时候喝的一直都是大杯饮料或鸡尾酒，那是理所当然的事。多年来他们一直都喝一两杯——晚饭前可能是三杯，睡前又是一大杯夜酒。节假日前的傍晚他们可能就会喝得晕晕的，甚至有可能小醉一回。但酒精对他来说似乎从来就不是一个问题，只是一笔很讨厌的开销，随着家庭成员的增加他们几乎已负担不起了。等到马丁的公司把他调到纽约之后他才觉察到他妻子肯定一直在酗酒。他清楚了，她白天都在喝。

问题既已确认，他便试图分析源头。从亚拉巴马州到纽约的调动一直在某种程度上困扰着她，习惯了一个南方小镇闲散的温暖，家庭、亲族和儿时朋友的环境，她始终无法让自己适应北方更加严苛、更加孤寂的风土。做母亲和持家的职责对她来说很是繁重。她一心思念故乡的巴黎城[①]，在这个郊区小镇里没有交到什么朋友。她只读杂志和谋杀类书籍。她的内心生活没有酒精的欺诈伎俩便是空虚不满的。

妻子纵酒无度的暴露暗暗地颠覆了他对她先前的认识。总有时候他们间会生出无法解释的怨恨，有时候酒精这一导火索会引发一场很不雅观的暴怒。他在艾米莉身上发现了一种潜在的粗鄙，与她天性的单纯不符。她在酗酒这事上撒谎，用意想不到的花招欺骗了他。

然后就出了一个意外。大约一年前，一天晚上下班回家时，迎接他的是房间里发出的孩子的尖叫声。他发现艾米莉

---

①指美国南方一个小镇。

抱着刚洗完澡、湿漉漉、光着身子的婴儿。婴儿刚才摔下来了，她那么脆弱、那么脆弱的头骨撞到了桌子边，因此血沿着一条线渗进了薄薄的头发里。艾米莉抽泣着，醉醺醺的。马丁怀抱着这个受伤的孩子，那一刻无比珍贵，这时他脑中便生出了一幅可怕的未来图景。

第二天玛丽安就全好了。艾米莉发誓说她再也不会碰酒精了，有几个星期她一直清醒、冷漠而沮丧。随后渐渐地她又开始喝了——不是威士忌或杜松子酒——而是大量的啤酒，或雪利酒，或稀奇古怪的利口酒，有一回他还发现过一帽盒薄荷甜酒的空瓶。马丁找了一个可靠的女佣薇姬，管理家务很称职。她也是亚拉巴马人，马丁从来不敢告诉艾米莉纽约通行的工资标准。艾米莉现在完全是偷偷喝酒了，都在他到家之前喝完。一般来说影响是几乎难以察觉的——行动上迟缓一点或眼睑发沉而已。不负责任的时候，比如辣椒-胡椒吐司之类，很少见，只要薇姬在家马丁就不必担忧了。尽管如此，焦虑始终潜伏着，一种不确定的灾难的威胁埋藏在他的生活中。

"玛丽安！"马丁喊道，那个时候的回忆让他心有余悸，总要确认一下女儿的安全。那女婴，没再受过伤，但她对于父亲来说依然宝贵，她跟哥哥一起来到厨房。马丁继续准备餐食。他打开一个汤罐头，在煎锅里放了两块肉。然后他坐到桌前，把他的玛丽安放在膝盖上骑一会儿小马。安迪看着他们，他的手指摇晃着那颗松动了一星期的牙齿。

“安迪小宝贝！”马丁说，“那只小动物还在你的嘴里吗？过来点，让爸爸看看。”

“我找了一根线来拉它，”这个孩子从口袋里取出一团缠起来的线，“薇姬说把它绑在牙齿上，另一头绑住门把手，然后猛地把门关上。”

马丁拿出一块干净的手帕，仔细地摸那颗松动的牙齿。“那颗牙今晚就会从我的安迪的嘴巴里跑出来了。不然的话我好怕我们家里就会有一棵牙齿树啊。”

“一棵什么？”

“牙齿树，”马丁说，“你会咬到什么东西然后把牙齿吞下去的。这颗牙齿就会在可怜的安迪的肚子里扎根然后长成一棵牙齿树，上面是尖牙而不是叶子。”

“嘘，爸爸。”安迪说。可是他用自己邋遢的小拇指和食指紧紧捏住牙齿。“根本么有这样的树。我从来没看着它。”

“你应该说根本‘没’有那样的树，我从来没‘看过’它。”

马丁突然紧张起来。艾米莉正在下楼。他听着她摸索的脚步声，他的手臂惶恐地抱住小男孩。艾米莉走进房间的时候他从她的动作和她愠怒的脸上看出她又开过雪利酒瓶了。她开始用力拉开一个个抽屉，布置起餐桌来。

“状况！”她用一种让人竖起汗毛的声音说，“你跟我这样说话。别以为我会忘记。我记得你跟我说的每一句肮脏的谎话。你一分钟也别想让我忘记。”

“艾米莉！”他乞求道，“孩子——”

“孩子——对呀！别以为我看不穿你那点肮脏的阴谋诡计。在楼下想挑动我自己的孩子跟我作对。别以为我看不到、看不明白。”

“艾米莉！我求你了——拜托你上楼去吧。”

“这样你就可以挑动我的孩子——我自己的孩子——”两颗硕大的眼泪迅速滚下她的脸颊。“想要挑动我的小孩，我的安迪，跟他自己的母亲作对。”

酒后的冲动让艾米莉当着这个受惊的孩子的面跪在了地板上。她把手放在他的肩膀上让自己保持住平衡。“听着，我的安迪——你不会听信你爸爸告诉你的任何谎言吧？你不会相信他说的吧？听着，安迪，我下楼之前你父亲对你说了什么？”犹豫不决中，孩子寻找着他父亲的脸。“告诉我。妈妈想知道。”

“牙齿树的事。”

“什么？”

孩子把这几个词又说了一遍，而她重复它们时一脸难以置信的恐惧。“牙齿树！”她摇晃了一下，再次抓住孩子的肩膀。“我不知道你在说什么。不过听着，安迪，妈妈很好，对吗？”她泪流满面，安迪在她跟前直往后退，因为他害怕。抓住桌沿，艾米莉站了起来。

“看！你已经挑动我的孩子跟我作对了。”

玛丽安哭了起来，马丁把她搂在怀里。

“没关系，你可以带走你的孩子。你总是一开始就偏心。我不介意，但至少你可以把我的小男孩留给我。”

安迪向他的父亲靠近，碰了碰他的腿。“爸爸。”他哭着说。

马丁把孩子带到楼梯口。“安迪，你把玛丽安带上去，爸爸一会儿就跟你上来。”

“可是妈妈？”孩子问道，声音很低。

“妈妈会好的。别担心。”

艾米莉在厨房的桌边啜泣，她的脸埋在臂弯里。马丁倒了一杯汤放在她面前。她一抽一抽的啜泣让他不安；她的激烈情绪，无论源自何处，都在他心中触发了一股柔情。他不由自主地把手放在她的黑头发上。“坐起来喝汤吧。”她的脸在她抬头来看他的时候是愧疚与恳切的。男孩的退缩，或是马丁手的触摸，已经使她的情绪有所转变。

“马——马丁，”她抽泣着说，“我太羞愧了。”

“喝汤吧。”

她很听话，在喘息的间隙里喝了起来。第二杯之后她让马丁领着自己上楼到他们的房间。现在她很温顺并且更加自制了。他把她的睡衣放在床上，正要离开房间时，新一轮的悲伤，酒精的骚动，又来临了。

“他背转身去了。我的安迪看了看我就背转过身去了。”

烦躁和疲劳让他的声音变硬了，但他说得很小心。“你忘了安迪还是个小孩——他理解不了这样闹事的意义。”

“我闹事吗？哦，马丁，我是在孩子面前闹事吗？”

她惊恐的脸让他既感动又不由自主地觉得好笑。“算了，穿上你的睡衣睡觉吧。”

“我的孩子向我背转过身去。安迪看了看自己的母亲就背转过身去了。孩子们——”

她陷进了酒精带来的节奏起伏的悲哀之中。马丁退出房间说：“看在上帝的分儿上睡觉吧。孩子们明天就会忘掉的。”

说这话的时候他就怀疑这是不是真的。这事会如此轻易地从记忆里溜走吗——还是会在无意识中生根，过几年再溃烂？马丁不知道，后一个选项让他恶心。他想着艾米莉，预见到翌日早晨的屈辱：记忆的碎片，澄明从抹去一切羞耻的黑暗中耀射而出。她会一天打两次电话给纽约办公室——可能是三四次。马丁预想到了自己的尴尬，不知道办公室里的其他人有没有可能生疑。他觉得自己的秘书早就猜到有问题了，她一直为他难过。一时间他痛苦万分，想要反抗自己的命运，他恨自己的妻子。

一走进孩子的房间他就关上了门，这晚第一次感觉到了安全。玛丽安跌倒在地板上，自己爬起来喊叫着："爸爸，看我。"又跌倒，起来，继续着跌倒喊叫的动作。安迪坐在儿童矮椅上，摇着那颗牙齿。马丁给浴缸放水，在盥洗室洗好自己的手，把男孩叫进浴室。

"我们再看下那颗牙吧。"马丁坐在马桶上，把安迪放在两膝之间。孩子的嘴张大，马丁抓住那颗牙齿。一摇，迅速一扭，珍珠般的乳牙就松脱了。安迪的脸最初一刹那介于恐惧、惊讶和喜悦之间。他含了一大口水吐到水斗里。

"看呀，爸爸！是血。玛丽安！"

马丁爱给他的孩子洗澡，当他们如此暴露地站在水里的时候，他无法形容地爱这些娇嫩、赤裸的身体。艾米莉说他偏心是不公平的。马丁给他儿子精美的男孩身体擦肥皂的时候感觉已爱到极致，再多爱一分都不可能了。然而他承认自己对两个孩子的情感性质上是有差异的。他对自己女儿的爱更认真，掺进了一丝忧郁，一种类似于心痛的温柔。他给小男孩起的昵称来自每天的灵感带来的滑稽想法——但他总是把小女孩叫作玛丽安，他说出这名字的声音就像一个爱抚。马丁把胖胖的婴儿肚拍干。洗干净的孩子们脸儿灿烂如花瓣，都一样备受怜爱。

“我要把这牙齿放在我的枕头下面。我应该得到一个角子①。”

“为什么？”

“你知道的，爸爸。约翰尼就用他的牙齿得了一个角子。”

“谁把这个角子放在那儿呢？”马丁问道，“我原来以为是仙女在夜里放的。不过，在我那时候是一毛钱。”

“他们在幼儿园里是这么说的。”

“究竟是谁把它放在那里？”

“你的父母，”安迪说，“你！”

马丁正在掖玛丽安床上的被子。他女儿已经睡着了。几乎听不见呼吸声。马丁俯身吻她的额头，再吻那只掌心朝上、甩在她头旁静放着的小手。

“晚安，安迪伙计。”

---

① A quarter，25 美分的硬币。

回答只是一声昏沉的咕哝。一分钟后马丁取出自己的零钱把一个角子悄悄塞到枕头底下。他在房间里留了夜灯。

马丁潜入厨房准备弄一顿夜宵的时候，他忽然想到孩子们一次也没有提过他们的母亲，或是在他们眼里肯定难以理解她的吵闹。专注于此刻——那颗牙齿，洗澡，角子——孩提时光流淌的航道已将这些无足轻重的插曲尽数带走，就像树叶落进一条浅浅小溪的疾流一般，而成年的谜团却滞留下来，被遗忘在了岸边。马丁为此感谢上帝。

但他自己的愤怒，被压抑下去而始终潜伏着，又再次升起了。他的青春正被一个酒鬼的挥霍所粉碎，他的男子气概不知不觉已饱受侵蚀。而这些孩子，一旦懵懂不解的时期过去了——差不多一年之后会是什么样？手肘支在桌子上，他吃着自己的食物，狼吞虎咽，不辨滋味。真相无可隐瞒——很快就会有闲话出现在办公室和小镇上了，他的妻子是一个放荡的女人。放荡。他和他的孩子注定要迎来一个落魄和慢慢毁灭的未来。

马丁抽身离开餐桌，悄悄走进客厅。他的眼睛扫着一本书上的文字，但他的头脑却想象着悲惨的画面：他看见他的孩子在河里淹死，他的妻子在街头出丑。到了睡觉时间，这沉闷而强烈的愤怒像一件重物压在他的胸口，他拖着双脚爬上楼梯。

房间很黑，只有浴室半掩的门里透出一线灯光。马丁悄无声息地脱下衣服。一点一点，神秘难解地，他的心里出现了一丝变化。他的妻子睡着了，她平和的呼吸在房间里听上去很轻柔。她的高跟鞋与随便丢下的丝袜对他来说有一种无声的魅力。她的内衣零乱地扔在椅子上。马丁拣起腰带和柔软的丝绸胸罩，把它们拿在手里站了一会儿。这天晚上他第一次端详自己的妻子。他的目光落在那可爱的前额、秀美的眉弓上。这眉毛已经遗传给了玛丽安，还有精致的鼻子末端的倾角。在他的儿子身上他可以找到高颧骨和尖下巴。她的身体胸部丰满，苗条而又凹凸有致。马丁看着他妻子宁静的沉睡，这时，陈年怒火的幽灵消失了。所有指责或归咎的念头此刻都远离了他。马丁关掉浴室灯，抬起窗子。小心不把艾米莉吵醒，他悄悄爬上了床。月光下他看了自己的妻子最后一眼。他的手寻找毗邻的肉体，悲伤与欲望在爱的巨大复杂性中并行。

一棵树，一块石头，一朵云

那天早晨下着雨，天还很暗。男孩到达有轨电车咖啡馆的时候差不多已经跑完了他的路线，进来喝一杯咖啡。这地方是个通宵咖啡馆，店主是一个名叫莱奥的又刻薄又小气的男人。在生冷、空荡的街道之后，咖啡馆显得友好而又明亮：沿吧台一溜是几个士兵、纱厂来的三个纺织工，一个角落有个人弓着背坐在那里，他的鼻子和半边脸都埋进了一个啤酒杯。男孩戴着个头盔，像飞行员戴的那种。走进咖啡馆的时候他解开了下巴箍带，把右边的盔翼掀到粉色的小耳朵上面，常常是他一边喝着咖啡，一边就会有人跟他友好地聊起天来了。但这天早晨莱奥并没有看他的脸，这些人一个都没说话。他付了钱正要离开咖啡馆，这时一个声音向他喊道：

“孩子！嘿，孩子！”

他转过身，角落里那个人正在勾着手指向他点头呢。他已经把自己的脸从啤酒杯里抽出来了，似乎突然间非常开心的样子。这个人瘦长而苍白，长着一个大鼻子，橙色的头发已经没了光泽。

“嘿，孩子！”

男孩向他走去。他是个十二岁上下的矮小男孩，因为报袋的重压所以一肩比另一肩高。他的脸色很浅，长着雀斑，他的两眼是圆圆的小孩眼睛。

“是，先生？”

那人把一只手搭在报童的肩膀上，然后抓住男孩的下巴，把他的脸慢慢地从一边转到另一边。男孩窘迫地朝后直退。

“哎！什么意思啊？”

男孩的声音很尖，咖啡馆内突然安静至极。

那人慢慢说道：“我爱你。”

沿吧台一溜的人都笑了。男孩这时已经皱着眉头侧身挣脱了，不知道该怎么办。他隔着吧台看莱奥，莱奥一脸疲惫、冷淡嘲弄地看着他。男孩也努力想笑一笑。但这个人却严肃而又悲伤。

“我不是故意要挑逗你，孩子，”他说，“坐下来跟我喝杯啤酒。有件事我必须要解释一下。”

报童小心翼翼地，从眼角边上，向沿吧台一溜的人询问看自己应该怎么办。但他们已经继续喝自己的啤酒或是吃自己的早餐去了，并未留意他。莱奥把一杯咖啡和一小罐奶油放到吧台上。

“他是个小孩。”莱奥说。

报童蹭着身子坐上高凳。他掀起的盔翼下面的耳朵很小很红。那人冷静地向他点点头。“这很重要。”他说。然后他伸手从自己的屁股口袋里抽出了什么东西，把它举在手掌心给男孩看。

“看仔细了。”他说。

男孩注目凝视，可是并没有什么需要仔细看的东西。那人脏兮兮的大手掌里拿着一张照片。是一个女人的脸，但很模糊，所以只有她头上的帽子和身上的裙子清楚地突显出来。

“看到了吗？”那人问道。

男孩点点头，那人把另一张照片放在他的掌心。那个女人穿着泳衣站在一片海滩上。泳衣让她的肚子显得很大，这就是你主要留意的东西了。

“看清楚了？”他倾身凑得更近了些，最后问道，“你以前见过她吗？”

男孩坐着一动不动，斜眼看着那人。“据我所知没有。”

“很好。”那人对着照片吹了一下，把它们放回口袋里。“那是我的妻子。”

“死了？”男孩问。

那人慢慢地摇了摇头。他噘起嘴唇仿佛要吹口哨的样子，然后拖长了音回答道：“不噢——”他说，“我会解释的。”

那人面前吧台上的啤酒装在一个棕色大杯里。他不把它举起来喝。相反，他弯下腰去，把自己的脸搁在杯沿上，他在那儿歇一会儿。然后他再用双手把杯子倾过来呷饮。

“哪天晚上你睡着了就会把你的大鼻子浸在一个杯子里淹死的，”莱奥说，“著名过客在啤酒中溺死。这应该是一种好玩的死法。”

报童想给莱奥打信号。趁那人不注意，他做了个鬼脸并张嘴无声地发问：“醉了？”但莱奥只扬了一下眉头就转过身把几条粉红色的培根放到烤架上了。那人把杯子推到一边，直起身子，把他松垮弯扭的双手交叠着放在吧台上。他看报童的时候一脸悲伤。他的眼睛一眨不眨，但眼睑时不时因细微的重力而在浅绿色的眼珠上合下来。将近黎明时分，男孩转移了一下报袋的重量。

“我说的是爱，”那人说，“对我来说这是一门科学。”

男孩从凳子上往下滑了滑。但那人举起食指，他身上有某种东西拽住了男孩，不让他走开。

“十二年前我娶了照片里这个女人。她做我的妻子总共一年，九个月，三天，加两夜。我爱她。是的……”他含含糊糊、颠三倒四的嗓音坚定起来，又说了一遍，“我爱她。我也以为她是爱我的。我是一个铁路工程师。她能享受到一切居家的舒适和奢靡。我的脑子里从来没有爬进过她不满足的念头。可你知道发生了什么吗？”

“呜呃！”莱奥说。

那人的两眼没有从男孩的脸上移开。“她离开了我。一天晚上我回家时房子是空的，她走了。她离开了我。”

“跟另一个家伙吗？”男孩问道。

轻轻地，那人把手掌朝下放在吧台上。“理所当然的啊，孩子。一个女人不会一个人这样跑掉的。”

咖啡馆很安静，轻柔的雨在外面的街上黑黑地飘着，无休无止。莱奥用他那把长叉子的尖头压着煎培根。“所以你追这个荡妇追了十一年。累死你个老流氓！”

那人第一次向莱奥瞥了一眼。“请不要这么粗俗。另外，我不是在跟你说话。”他转回身对着男孩，用一副信任而秘密的低音说：“我们不要搭理他。好吗？”

报童疑惑地点点头。

“是这样的，”那人继续说道，“我是一个对很多东西有感觉的人。这辈子总有一样接一样东西打动着我。月光。一个漂亮姑娘的腿。一样接一样东西。不过关键是我一喜欢上了什么东西就有一种奇怪的感觉，就好像它在我心里乱七八糟的样子。似乎没有什么会自己结束或者跟其他的东西合拍。女人？我也领教过了。都一样。之后就在我心里乱七八糟的。在那之前，我是一个从来没有爱过的男人。”

非常缓慢地，他合上了眼睑，那动作就像一场戏的结尾拉上一道幕布一样。他再次开口的时候声音激动，词儿来得很快——他硕大松弛的耳轮似乎在颤抖。

“后来我遇到了这个女人。那时我五十一岁，她总说她是三十岁。我是在一个加油站遇见她的，三天后我们就结婚了。你知道那是什么样子吗？我真的没法告诉你。我曾经感受过的一切都聚在一起围绕着这个女人。我心里再没有什么东西乱七八糟了，被她结束了。”

那人突然停下，摸了摸自己的长鼻子。他的声音沉落为一种平稳而责备的低音：“这事我解释得不对。事情是这样的。我心里有了这些美丽的情感和无拘无束的小小乐趣。而这个女人就好比是为我的灵魂准备的一条装配线。我让我自己的这些小零件穿过她，出来就是完整的我了。你听得明白吗？”

“她叫什么名字？”男孩问。

“哦，”他说，“我叫她多多。不过这无关紧要。”

“你想过办法让她回来吗？”

那人似乎没有听到。“在这种情况下你可以想象她离开我时我的感受。”

莱奥把培根从烤架上拿起来，折起两条夹在一个小圆面包当中。他长着一张灰脸，眯缝眼，和一个瘦削的鼻子，上面铺着淡蓝的影子。其中一个纱厂工人打手势要续咖啡，莱奥倒了一杯。他给咖啡续杯不是免费的。纺纱工每天早上都在那里吃早饭，但莱奥跟他的客人越熟，对他们就越吝啬。他一点点啃着自己的小圆面包，就好像不舍得给自己吃一样。

“你再没有找到过她？”

男孩不知道该怎么想那个人，他的孩子脸犹豫不决，混杂着好奇与怀疑。他刚开始当报童；这事对他来说依然很陌生，在黑暗、怪异的清晨出门在城里转。

“是的，”那人说，“我用了很多办法来找她回来。我到处打听她去了什么地方。我去过塔尔萨①，那里有她的亲戚。还有莫比尔②。我去了她跟我提过的每一个城市，我找到了

①美国俄克拉何马州一城市。

②美国亚拉巴马州一城市。

她以前有联系的每一个男人。塔尔萨、亚特兰大、芝加哥、奇霍、孟菲斯……那两年大部分时间，我都在全国跑来跑去，想要找到她。”

“但是他们这一对已经从地球表面消失了！”莱奥说。

“别听他的，”那人悄悄地说，“还是忘掉那两年吧。它们并不重要。要紧的是第三年前后一件奇怪的事情开始发生在我身上了。”

“什么事？”男孩问。

那人俯下身把他的杯子倾斜过来呷了一口啤酒。但他一边在杯子上盘旋，一边稍稍鼓起鼻孔；他嗅着啤酒走掉的味道而不喝。“首先，爱是一件很奇怪的事。起初我一心只想把她找回来。那是一种狂热。但后来过了一段时间我想要回忆一下她。可你知道发生了什么事么？”

“不知道。”孩子说。

“我把自己放倒在床上打算想她的时候，脑子里变成了一片空白。我看不见她。我会拿出她的照片来看。没用。什么作用也没有。一片空白。你能想象吗？”

“伙计！”莱奥在吧台上喊，“你能想象这个笨蛋的脑子是一片空白吗！”

慢慢地，仿佛是扇开苍蝇一样，那人挥了挥手。他的绿眼睛专注地盯着报童浅色的小脸。

“可是忽然看到一块人行道上的玻璃。或是一首音乐盒里的五美分曲子。夜里墙上的一道影子。我就会记起来了。这种情况或许会发生在街上，我会哭起来或是把脑袋撞到灯柱上。你明白吗？”

“一块玻璃……”男孩说。

“无论什么东西。我会到处乱走，我根本控制不了怎样跟什么时候想起她来。你觉得自己可以穿上盔甲之类。但是回忆不会朝一个人正面进攻——它是拐弯抹角来的。我被我看到和听到的所有东西随意摆布。突然，不是我搜遍乡下在找她，是她开始在我的灵魂里追着我到处跑了。她追着我，注意！在我的灵魂里面。”

男孩终于问道：“那时你在这个国家的什么地方？”

“哦，”那人叹道，“我是一个生了病的凡人。就像天花一样。我承认，孩子，我酗酒。我与人通奸。任何突然合我心意的罪我都犯过。我讨厌承认这一点，但我会承认的。那段日子回想起来全都凝固在我的脑子里，太可怕了。”

那人把头低下来，在吧台上轻叩着前额。有好几秒钟他就一直用这个姿势弓着身，他细瘦的颈背上盖着橙色的金雀花，他双手的长手指弯曲，合掌如祈祷状。然后那人直起身来；

他微笑着，突然间他的脸发光，颤抖而衰老。

“这事是在第五年发生的，”他说，“随后我就开始钻研我的科学。”

莱奥的嘴抽动，现出一个苍白、短暂的咧嘴笑。“好吧，我们这些小伙子没有一个会重回年轻的。”他说。随后突如其来的怒气让他把自己手里拿着的一块抹布揉成一团重重地摔在地板上。“你这邋遢的老罗密欧！”

“出什么事了？”男孩问。

老人的声音响亮而亲切：“平静。”他回答。

“哈？”

“这事很难科学地解释，孩子，”他说，“我猜想合乎逻辑的解释是，我和她逃离彼此这么久了，最后我们还是纠缠到了一起，放弃了，不折腾了。平静。一片怪异又美丽的空白。那是波特兰的春天，每天下午都会下雨。整晚我就待在那里，在黑暗里躺在床上。科学就是这样找到我的。”

有轨电车的窗在晨光里映出淡蓝色。两个士兵付了啤酒钱，打开店门——他们走出去前，其中一个士兵梳了梳头发，擦了下他泥污的绑腿。三个纺纱工默默地俯身吃他们的早饭。莱奥的时钟在墙上嘀嗒响着。

“就是这样。仔细听着。我对爱冥思苦想，理出了头绪。

我明白我们错在哪儿了。男人第一次恋爱。他们爱上的是什么？”

男孩柔软的嘴半张着，没有回答。

“一个女人，”老人说，“没有科学依据，没有任何参考，他们经历的是上帝的土地上最危险和神圣的体验。他们爱上的是一个女人。这正不正确，孩子？”

“是啊。”男孩弱弱地说。

“他们是从爱情错误的那头开始的。他们一开始就是高潮。这样可悲的下场又有什么奇怪的？你知道男人应该怎么爱吗？”

那老人伸手抓住了男孩皮夹克的领子。他轻轻摇了一下他，他的绿眼睛眨也不眨，肃然凝视着。

“孩子，你知不知道爱应该怎样开始？”

男孩坐在那儿缩得很小，倾听着一动不动。他慢慢地摇了摇头。那老人倾身靠得更近，低声说道：

“一棵树。一块石头。一朵云。”

外面的街上还在下雨：一场温和、灰暗、无尽的雨。工厂的汽笛吹响了六点钟这班，三个纺纱工付钱走掉了。咖啡馆里没了别人，只剩莱奥、老人和小报童。

“在波特兰，天气跟这里差不多，”他说，“就在那时，我的科学开始了。我冥思苦想，我开始得非常谨慎。我会从街上挑某样东西把它带回家。我买了一条金鱼，我把心思集中在金鱼上，我爱它。我从一样东西升级到另一样东西。一天一天，我逐渐习得了这种技术。在从波特兰到圣地亚哥的路上——”

“哦，闭嘴！”莱奥突然尖叫起来，“闭嘴！闭嘴！”

那老人依旧抓着男孩的夹克领子；他颤抖着，他的脸又诚恳又兴奋又狂野。“六年了，我一直在独自摸索，建立了我的科学。现在我是一个大师了，孩子。我可以爱任何东西。我甚至不用再去思考它了。我看到一条街上全是人，一道美丽的光就照进我心里。我看天上的一只鸟。或者我在路上遇见一个旅行者。一切，孩子。和任何人。所有的陌生人，全都被爱着！你明不明白我这样一门科学究竟意味着什么？”

男孩硬撑着，两只手蜷曲着紧紧扒住吧台边。最后他问道：“你有没有真的找到那个女士？”

“什么？怎么说，孩子？”

“我的意思是，”男孩怯生生地问道，“你有没有再爱上过一个女人？”

老人松开了抓住男孩衣领的手。他转过身去，他的绿眼睛第一次现出模糊散乱的眼神。他从吧台上拿起杯子，喝下黄色的啤酒。他的头慢慢地从一边摇到另一边。最后他回答道:“不，孩子。要知道这是我的科学里的最后一步。我得小心。我还没有完全准备好。”

“好吧！”莱奥说，“好吧，好吧，好吧！”

老人站在打开的店门口。“记住。”他说。被框在清晨潮湿的灰光里，他显得又干瘪又邋遢又瘦弱。但他的微笑是明亮的。“记住我爱你。”他最后点了一下头说道。门在他身后无声地关上了。

男孩很久没有说话。他把额头上的刘海拉下来，他肮脏的小食指绕着他的空杯的边缘滑动。看也不看莱奥，他最后问道:

“他喝醉了吗？”

“没有。”莱奥简短地说。

男孩把清亮的嗓音提得更高一些。“那么他是个吸毒的？”

“不是。”

男孩抬头看着莱奥，他扁平的小脸上现出绝望，他的声音急切而尖利。“他疯了吗？你觉得他是个疯子吗？”报童的声音突然疑惑地低了下来。“莱奥？或者不是？”

但莱奥不会回答他的。莱奥经营这家夜间咖啡馆已经十四年了，他自认为是一个鉴定疯狂的专家。这里既有镇上的人，也有夜里逛进来的过客。他们所有人的癫狂他全都懂。但他不想解答那个等待着的孩子的问题。他绷紧了自己苍白的脸，沉默不语。

于是男孩把头盔的右翼拉下来，转身离开的时候他作出了对他来说似乎是安全的唯一评论，唯一不可能被嘲笑和鄙视的一句话：

“他肯定游历过不少地方。”

年 表

1917 年 卢拉·卡森·史密斯 2 月 19 日生于佐治亚州哥伦布市，是拉马尔和玛格丽特·沃特斯·史密斯的第一个孩子。

1926 年 开始上钢琴课。

1930 年 去掉名字里的卢拉并决心做一个钢琴演奏家。

1932 年 患上严重的风湿热，当时被误诊，后来被认为是其生命晚期轻微中风的原因之一。据说曾告诉密友她已决定要当作家。

1933 年 从哥伦布高中毕业，并开始写作戏剧和她的第一个短篇故事《笨蛋》(*Sucker*)，后于 1963 年出版。

1934 年 乘汽船从萨凡纳旅行到纽约，先在哥伦比亚、第二年又在纽约大学上创意写作课程。

1935 年 结识小詹姆斯·里弗斯·麦卡勒斯[①]。

1936 年 以她第一篇获发表的故事《神童》(*Wunderkind*)赚

---

①詹姆斯·里弗斯·麦卡勒斯（James Reeves McCullers，1913—1953），美国军人、作家。

得二十五美元，刊发于《故事》杂志[1]12月刊上。再次患上风湿热（这次被误诊为结核病）。恢复期间开始计划第一部小说。

1937年 与里弗斯·麦卡勒斯结婚并搬到北卡罗来纳州夏洛特市，里弗斯在那里找到了零售信贷公司的工作。她开始写一部她称之为《沉默者》（*The Mute*）的小说。

1938年 搬到北卡罗来纳州费耶特维尔。向霍顿·米弗林[2]首届小说竞赛提交了《沉默者》的六个章节和一段梗概。赢得了一份合约和五百美元的预付款。

1939年 完成《沉默者》，写了第二部小说《军事哨所》（*Army Post*），后改题为《金色眼睛的映像》（*Reflections in a Golden Eye*）。计划第三部小说，《新娘和她的兄弟》（*The Bride and Her Brother*），即后来的《婚礼的成员》（*The Member of the Wedding*）。

1940年《沉默者》改题为《心是孤独的猎手》（*The Heart Is a Lonely Hunter*）并由霍顿·米弗林出版。参加佛蒙特州米德尔伯里的布雷德洛夫作家会议（*Bread Loaf Writers' Conference*）。《金色眼睛的映像》分两部发表于《时尚芭莎》[3]10月与11月号上。与里弗斯分居并搬到布鲁克林一处公

---

① *Story*，1931年创办于奥地利维也纳的期刊，登载新作家的短篇故事，1936年迁至美国纽约，1967年停刊。

② Houghton Mifflin，美国波士顿一家出版公司。

③ *Harper's Bazaar*，1867年创办的美国妇女时尚杂志。

共住宅；同住此处的人包括 W. H. 奥登和吉普赛·罗斯·李[1]。

1941 年《金色眼睛的映像》由霍顿·米弗林出版。访问萨拉托加温泉的雅都艺术家殖民地，在此写作《伤心咖啡馆之歌》（*The Ballad of the Sad Café*）。开始与里弗斯的离婚程序。遭受第一次脑中风，之后，这年较晚时候又患上严重胸膜炎、链球菌咽喉炎和肺炎。

1942 年《一棵树，一块石头，一朵云》被收入《欧·亨利纪念奖故事集》（*O.Henry Memorial Prize Stories*）年刊。获古根海姆学者奖。因健康不佳未能按计划去墨西哥旅行。里弗斯重新加入军队。

1944 年 病情加重。父亲去世。里弗斯在诺曼底登陆中受伤。《伤心咖啡馆之歌》被收入年度《最佳美国短篇故事集》（*Best American Short Stories*）。

1945 年 与里弗斯再婚。完成《婚礼的成员》。

1946 年 霍顿·米弗林出版了《婚礼的成员》。在楠塔基特与田纳西·威廉斯一起将此书改编为一出戏剧。再获古根海姆学者奖，偿付了卡森和里弗斯去巴黎旅行的开销。

1947 年 遭受两次严重中风，第二次使她的左臂瘫痪。返回纽约。

1948 年 与里弗斯分居，企图自杀，与里弗斯和解。公开支持

①吉普赛·罗斯·李（Gypsy Rose Lee，1911—1970），美国演员、作家、舞蹈家、滑稽家。

哈里 · S. 杜鲁门的总统竞选。

1949 年 新方向[①]出版了《婚礼的成员》(剧本)。

1950 年《婚礼的成员》在百老汇帝国剧院开演。它赢得纽约剧评界奖的本季最佳戏剧奖。与里弗斯再次分居。

1951 年 霍顿·米弗林出版《伤心咖啡馆之歌及其他故事》(*The Ballad of the Sad Café and Other Works*)。开始写作她称之为“杵 (The Pestle)”的手稿，其中一部分后成为她的小说《没有指针的钟》(*Clock without Hands*)。

1952 年 与里弗斯返回欧洲并购入巴黎附近一所住宅。短期创作一电影剧本《终点站》(*Terminal Station*)。《婚礼的成员》电影版发布。

1953 年 里弗斯试图劝卡森与他一起自杀。她回到纽约。里弗斯在巴黎一家酒店自杀。

1954 年 在雅斗用几个月写作《没有指针的钟》和一出戏剧《奇妙的平方根》(*The Square Root of Wonderful*)。

1955 年 花费时间在基韦斯特与田纳西 · 威廉斯一起写作。母亲突然去世。

1957 年《奇妙的平方根》在百老汇开演，但演出四十五场后即结束。

---

① New Directions，美国纽约的一家出版社。

1959 年 接受手臂和手腕的两个手术。写儿童诗。

1960 年 完成《没有指针的钟》。

1961 年 继续手术。《没有指针的钟》由霍顿·米弗林出版。

1962 年 被确诊为乳腺癌，接受乳房切除和左手的进一步手术。

1963 年 爱德华·阿尔比[①]将《伤心咖啡馆之歌》改编为戏剧，在百老汇开演。

1964 年 摔断了右臂，左肘碎裂。儿童诗集《甜如腌菜净如猪》（*Sweet as a Pickle and Clean as a Pig*）由霍顿·米弗林出版。

1965 年 第一部麦卡勒斯研究专著，奥利弗·伊文斯[②]的《卡森·麦卡勒斯：她的生平与作品》出版。

1966 年 与玛丽·罗杰斯[③]合作，将《婚礼的成员》改编成一部音乐剧并撰写一部题为《启示与夜间眩光》（*Illumination and Night Glare*）的回忆录（1999 年出版）。

1967 年 被授予 1966 年亨利·贝拉曼奖，以表彰她“对文学的杰出贡献”。遭受她人生中的最后一次中风，脑内大出血，昏迷四十七天。卡森·麦卡勒斯于 9 月 29 日去世，葬于哈德逊河畔的橡树山公墓。《金色眼睛的映像》电影版上映。

---

①爱德华·阿尔比（Edward Albee，1928—2016），美国剧作家。

②奥利弗·伊文斯（Oliver Evans，1915—1981），美国作家。

③玛丽·罗杰斯（Mary Rodgers，1931—2014），美国音乐剧作曲家、儿童文学作家。

1968 年《心是孤独的猎手》电影版上映。

1971 年 霍顿·米弗林出版《被抵押的心》(*The Mortgaged Heart*)，这是一部由卡勒的妹妹玛格丽塔·G. 史密斯①编纂的短篇小说与非虚构集。

①玛格丽塔·G. 史密斯（Margarita G. Smith，1923—1983），美国作家、杂志编辑。

译后记

这是一本很薄的书，里面的几篇小说大概不需要一天就可以读完。原作尚且如此简短，译者就更不用啰嗦了。

我发现，在这本小书里有很多有关音乐和演奏的段落，而卡森·麦卡勒斯本身就是一个钢琴家。音乐被作者写进了她的文字作品并不稀奇，并且理所当然地，情节的起承转合，句子的流动、延长、缩短、加速、减速、停顿，都构成了某种词语的音乐，卡森·麦卡勒斯正是在用词语演奏她的音乐，所以会有《伤心咖啡馆之歌》这个书名吧。

想到这儿，难免会扯到翻译这件事上，因为我总觉得，翻译也可以说是一种演奏，将原作者用自己的乐器（他的文字）演奏的东西，用另一种乐器（另一种文字）演奏出来。

顺便说一句，要回答翻译是什么这个问题，似乎只能借助隐喻才行。仅举我近期读到的有关翻译的说法：博尔赫斯说在希腊语中翻译和隐喻是同一个词，而帕斯在他的现代诗歌论著中也不断地把翻译和隐喻联系在一起。翻译就是隐喻，这句话本身既是翻译又是隐喻。而演奏也只是翻译的众多隐喻 / 翻译中的一种。

在翻译这本书之前，我有过片刻的犹豫。据我所知，这本书已经有好几个中文版本了，再增加一种有无必要？而我的译本必然会被拿来与别人的进行比较，我在英语和汉语两种语言上的贫乏和笨拙就会更加显而易见了。

正是这个翻译即演奏的隐喻让我决定接受这件翻译工作。一次演奏有没有必要？一次倾听有没有必要？这个问题本身是不必要的。

在音乐中，当一件作品被演奏得足够多、足够长久的时候，它就变成了一个经典，这时好的演奏已经难以将它提升，而坏的演奏也难以将它伤害了。所有的演奏都让这件作品更加完全地成为这件作品，也就是说，使它更加经典。

从这个角度来说，演奏 / 翻译对于作品（原作）的意义是可以忽略不计的（或许有人会说这“忽略不计”的意义对于作品来说才是至关重要的，但这里不再讨论了，我已经承诺过不啰嗦），演奏的意义更多地属于演奏本身：每一次演奏 / 翻译都让演奏者 / 译者重新经历一个过程——作者从无到有，从开始到结尾的创造 / 体验过程。一个新的过程，一件新的作品。

而听者 / 读者则是再一次经历演奏者 / 译者所经历的这个过程。那又是一个新的过程，一件新的作品。也许很好，或许很差，但只要开始，它就是必要的，就像世上存在的每一件事物一样。

陈东飚

二〇一七年三月二十六日

图书在版编目（CIP）数据

伤心咖啡馆之歌 / （美）卡森·麦卡勒斯著；陈东飚译. -- 海口：南海出版公司，2018.10
书名原文：The Ballad of the Sad Café
ISBN 978-7-5442-9296-2

Ⅰ．①伤… Ⅱ．①卡… ②陈… Ⅲ．①短篇小说－小说集－美国－现代②中篇小说－小说集－美国－现代
Ⅳ．①I712.45

中国版本图书馆CIP数据核字（2018）第098963号

伤心咖啡馆之歌
〔美〕卡森·麦卡勒斯 著
陈东飚 译

出　　版　南海出版公司　(0898)66568511
　　　　　海口市海秀中路51号星华大厦五楼　邮编 570206
发　　行　新经典发行有限公司
　　　　　电话(010)68423599　邮箱 editor@readinglife.com
经　　销　新华书店

责任编辑　黄宁群
特邀编辑　许文婷　孙　洁
装帧设计　韩　笑
内文制作　王春雪

印　　刷　北京富达印务有限公司
开　　本　850毫米×1092毫米　1/32
印　　张　6.25
字　　数　110千
版　　次　2018年10月第1版
印　　次　2018年10月第1次印刷
书　　号　ISBN 978-7-5442-9296-2
定　　价　39.50元